# TIMEBOX

## BORIS KOSLOWSKI

Droits d'auteur enregistrés, CopyrightDepot sous le numero
00053316

ISBN: 2955837725
ISBN-13: 978-2955837726

# 24 HEURES TERRESTRES RESTANTES

Sous-sols de la tour Kronos, Paris la Défense

Aujourd'hui n'était pas un jour comme les autres. Tim faisait les cent pas dans son appartement de fonction, en attendant de revoir sa femme et son fils. Après quelques dizaines d'allers-retours entre la porte d'entrée et la table du salon, il s'autorisa à regarder l'heure une fois de plus. Sophie et Eilan avaient déjà plus de trois millisecondes de retard. Ils ne partageaient toujours pas la même notion du temps et de la ponctualité, constata-t-il. À croire qu'ils ne vivaient pas dans le même monde...

Tim s'efforça de chasser sa mauvaise humeur en se rappelant que cette minute terrestre était un jour de fête. À midi cinquante-cinq et trente-et-une secondes précises, son fils allait franchir le cap du demi-milliard de secondes. Il appuya légèrement ses doigts sur ses yeux. Une de ses techniques pour faire le point, ou le vide. Son rythme cardiaque ralentit légèrement et des formes lumineuses commencèrent à apparaître. Les chiffres de l'horloge qu'il venait de regarder avant de fermer les yeux dansaient puis convolaient ensemble jusqu'à devenir des couleurs intenses parcourant des formes géométriques métamorphiques. Le tout se dissipait peu à peu avec quelques sursauts

1

stroboscopiques de zéros récalcitrants.

Tim réduisit le coefficient de compression temporelle de son appartement à son minimum. Sa patience avait atteint ses limites. Quelques secondes plus tard, l'image de sa femme apparut enfin sur l'écran de la porte d'entrée. Il était temps.

Sophie se déplaçait à un rythme légèrement ralenti, ce qui lui donnait une allure plus élégante qu'au naturel. Cependant, la combinaison de couleurs de sa robe provoquait des interférences visuelles. Elle contemplait d'un air perdu la surface lisse de la porte d'entrée, sans trouver ce qui pouvait faire office de sonnette. Eilan arriva à sa hauteur. Avant que son fils n'ait eu le temps de double-cliquer au centre de la porte, Tim déclencha l'ouverture. Il apparut face à eux les mains au ciel.

— Bienvenue chez moi ! s'exclama-t-il.

Il referma la porte derrière eux avec une impatience mal dissimulée. Dans sa précipitation pour remettre la compression temporelle à un niveau raisonnable, il manqua de bousculer Sophie, qui semblait vouloir prendre son temps.

— Euh… Bonjour quand même ?! demanda-t-elle sur un ton légèrement offensé. Tu as quelque chose sur le feu ou quoi ?

Eilan répondit à la place de son père :

— Franchement, j'espère que non ! La dernière fois que Papa a cuisiné, c'était pour mes cinq ans et je m'en rappelle encore, tellement c'était infect.

En bon chef de famille, Tim feignit l'indifférence et fit quatre bises à chacun malgré l'acné purulente de son fils et l'air renfrogné de sa femme. S'échapper de ses contraintes professionnelles pour les accueillir chez lui n'avait pas été chose facile. Débordé par ses activités professionnelles et le flot continu des messages à traiter, ses dernières heures n'avaient pas été de tout repos. Il avait dû refuser une multitude d'invitations à des réunions de dernière minute pour conserver quelques secondes terrestres libres de toute contrainte, à part celle de les recevoir.

Tim avait beaucoup à se faire pardonner question anniversaire. Il n'avait jamais eu la mémoire des dates et maintenant que chacun vivait à un rythme différent, savoir quand fêter les anniversaires n'était possible qu'avec l'aide d'une application. À cause d'un bug informatique d'une version gratuite, il avait omis de les appeler le jour des quinze ans d'Eilan et de l'anniversaire de sa femme, qui étaient exceptionnellement tombés à quelques minutes terrestres d'intervalle cette fois-ci. L'incident s'était produit il y avait un peu plus d'un mois pour elle. C'était déjà un lointain souvenir pour Tim. Depuis, quelque chose s'était comme déréglé dans leur relation. Il s'était efforcé de les voir plus régulièrement pour compenser, au moins une fois par semaine terrestre. Il avait même téléchargé une version payante de l'application pour tenter de se racheter une bonne conduite.

La plupart de leurs rencontres avaient lieu par écran interposé. De temps en temps, Tim sacrifiait l'équivalent d'un week-end entier pour pouvoir passer avec eux une petite heure. Assis sur le canapé vieillot de leur pavillon de banlieue, ils discutaient en contemplant le tableau animé de Vasarely que Terry leur avait offert il y avait plusieurs années. Les formes géométriques et les couleurs évoluaient plus ou moins subtilement en fonction de l'environnement sonore de la pièce. Un éclat de rire pouvait liquéfier le cube central aux reflets bleutés en une vague rougeoyante et tournoyante, tandis que les musiques électroniques transformaient l'ensemble en une fontaine multicolore aux perspectives multiples.

Cette fois-ci, ils venaient le voir sur son territoire. Là où se trouvaient son travail et sa vie sans eux. Sophie avait été dure à convaincre. Elle semblait avoir développé une sorte de répulsion à l'encontre de DEAS, l'entreprise pour laquelle Tim travaillait. En particulier, la tour Kronos l'angoissait particulièrement avec ses innombrables étages remplis de bureaux et d'appartements de fonction high-tech. Eilan s'était montré plus enthousiaste malgré ses convictions adolescentes de fan de green metal qui régulièrement le poussaient à hurler sans retenue sur le progrès et les multinationales, tout en restant scotché à ses e-lentilles de contact dernier cri. Le capitalisme et les jeunes n'étaient plus à une contradiction près.

Tim avait commandé un pack spécial fête en famille. Le menu et l'ambiance vendue avec l'avaient emballé. Une plage idyllique de sable blanc recouvrait les murs de son appartement, agréablement parfumé au Monoï. La petite musique d'ambiance cubaine guillerette sembla incommoder les oreilles délicates de son fils. Eilan augmenta discrètement le volume de ses écouteurs.

Sophie se tenait crispée dans le couloir. Son badge visiteur jaune fluo jurait avec les couleurs bigarrées de sa robe légère. Tim prit les choses en main et le lui ôta d'un geste délicat. Comme pour offrir un cadeau, mais à l'envers. Un sourire furtif le remercia et l'encouragea à régler la climatisation en mode île tropicale. Il demanda ensuite à la star de la journée le rafraîchissement qu'il souhaitait boire pour l'occasion. Le regard dans le vide, Eilan ne répondit pas.

— Combien de temps nous reste-t-il avant le grand moment, au fait ?

Pendant quelques longues secondes de silence, Tim se demanda s'ils n'avaient pas tout juste raté l'instant fatidique. Agacé par l'absence de réaction de son fils, Tim lui prit l'avant-bras et le retourna pour répondre lui-même à sa question.

Un écran sous-cutané s'alluma. Une série de chiffres à l'apparence rétro-futuriste défilaient sur l'avant-bras comme sur le compteur kilométrique des vieilles voitures, version tatouage. Eilan avait 499 999 901 secondes. Dans quatre-vingt-dix-neuf secondes, il n'y aurait plus que des zéros précédés d'un cinq.

Eilan rompit son silence et signifia son mécontentement :

— Hé, mais laisse mon Tatoo-âge tranquille ! On s'en balance de mon anniversaire. Est-ce que je te demande de combien de mois tu as vieilli depuis la semaine passée ?

— Oh, mais tu pourrais, répliqua Tim. Je n'ai rien à cacher. C'est en mois que je te répondrais. Et si tu veux savoir, j'ai l'impression d'être passé du statut de vieux jeune à jeune vieux en deux temps trois mouvements. Alors que toi fiston, tu es au beau milieu de ta jeunesse. Pour ton anniversaire, si je n'avais qu'un seul conseil à te donner, ce serait de profiter à fond de ton adolescence, de cette merveilleuse période éphémère, qui pourtant semble infinie lorsque vécue au présent… Enfin, nous allons suivre ensemble ton âge à la seconde près sur un écran, ce sera plus simple !

Tim appela son assistante virtuelle en renfort :

— Sofia, affiche donc le compte à rebours avant le demi-milliard de secondes d'Eilan.

Une voix féminine, à la fois douce, suave et légèrement coquine répondit par l'affirmative. Entre les cocotiers de chaque mur apparut une série de chiffres : quatre-vingt-dix secondes restantes. Une minute et demie, avant de fêter dans la joie et la bonne humeur cet instant unique en famille.

— Qui c'est, cette Sofia ? demanda Sophie, surprise et déjà jalouse de cette voix.

Tim réalisa alors qu'elle n'était sûrement pas au courant des progrès effectués dans le domaine des e-assistants et autres compagnons virtuels. Le trombone et le toutou Office sautillant avaient bien grandi. Les hologrammes tactiles étaient devenus plus vrais que nature et avaient acquis un certain nombre de talents plus ou moins avouables. Avoir appelé Sofia en la présence de Sophie et choisi un prénom ressemblant à celui de sa femme, mais en plus sexy, avait été fort maladroit de sa part. Il ne fallait surtout pas qu'elle voie Sofia apparaître en 3D dans le salon, sinon leur journée serait définitivement gâchée.

— C'est juste UN assistant virtuel, répondit-il en

insistant sur le genre employé.

Il poursuivit sa tirade tout en reprenant discrètement sa tablette afin de reconfigurer le profil de son assistante en mode familial.

– C'est un androïde informatique jamais fatigué, toujours de bonne humeur et capable d'accomplir un bon nombre de tâches administratives en un temps record. J'avais opté pour les Simpson avant ce modèle mais regarde, ça ne me réussissait pas. Pour garder la ligne, c'est mieux avec…

Tim préféra ne pas répéter le prénom de Sofia et souleva son T-shirt amincissant pour faire diversion, en laissant s'échapper quelques bourrelets. C'était mieux que d'évoquer les courbes à la fois sveltes et pulpeuses de sa nouvelle assistante.

– Bon, ça ne vous dérangerait pas si on passait à table ? s'impatienta Eilan, à qui cette vision n'avait pas coupé l'appétit.

Sophie avait du mal à digérer qu'une autre femme puisse occuper les pensées de Tim, aussi virtuelle soit-elle. Avec le progrès et les hommes, elle partait du principe qu'il faillait toujours s'attendre au pire et n'avait aucune envie d'imaginer à quels genres d'exercices son mari pouvait se livrer avec cette Sofia.

– Si tu commençais par manger moins de pizza…

– Oups, c'est justement le menu prévu pour aujourd'hui, une pizza quatre-vingts fromages !

Eilan s'installa à table sans attendre ses parents, excité par la perspective de remplir sa bouche d'une substance chaude et mystérieuse.

Le compte à rebours touchait à sa fin. La pièce s'assombrit et un feu d'artifice éclata tout autour d'eux, du sol au plafond. Les parents trinquèrent à la santé de leur demi-milliardaire de fils et burent une gorgée de Piña Colada. Eilan arracha une double part à ce qui ressemblait à un volcan de fromage en fusion.

– *Happy half billion to you, happy half billion to you Eilan,* chantèrent en chœur les deux parents.

Pour finir en beauté, Sofia chanta le nom de leur enfant d'une voix éclatante. Sophie sursauta, toujours peu habituée à la présence de cette étrangère. Tim tenta à nouveau d'échanger quelques mots avec son fils :

— Alors Eilan, qu'est-ce qui te ferait plaisir comme cadeau ?

En guise de réponse, son fils pointa du doigt sa joue déformée. Après plusieurs dizaines de secondes de masticage intense, sa bouche avait repris forme humaine et il réussit à articuler quelques mots :

— Aller au festival Morvan Green Metal, dans deux semaines.

— Tu es encore un peu jeune pour te rendre physiquement dans ce genre d'endroit, intervint sa mère, qui contemplait avec méfiance sa part de pizza. J'ai vu des reportages, c'est un endroit dangereux et malsain, surtout à ton âge.

— Tu pourrais y assister virtuellement. Avec la 3D tactile, tu pourrais même pogoter comme si tu y étais, s'enthousiasma Tim. C'est même mieux qu'en vrai. Notamment pour voir la scène de près. Et ça tombe très bien, car pour ton demi-milliard de secondes, je voulais te proposer de t'offrir une Timebox nouvelle génération suréquipée, avec la 3D holographique tactile. Mon comité d'entreprise fait des ventes flash très intéressantes en ce moment, avec des forfaits illimités en plus.

— Pourquoi vous me demandez ce que je veux si c'est pour me refourguer des trucs nuls ? Je veux juste aller à ce festival pour de vrai, moi, s'énerva Eilan.

Il reprit une bouchée et mit en marche les lunettes augmentées que son père lui avait offertes lors de sa dernière visite.

Tim n'avait pas eu beaucoup de succès avec sa nouvelle idée de cadeau. Sophie ne rata pas cette bonne occasion de lui rappeler une fois de plus ce qu'elle en pensait :

— Dis donc, tu ne comptes quand même pas nous

mettre une Timebox de plus chez nous ! Tu sais à quel point j'en ai horreur. Déjà que celle qui prend la moitié du salon me rend folle ! Et je te rappelle que les effets indésirables sur la santé ne sont pas encore connus.

— Justement, c'est un modèle plus performant et très compact avec une compression temporelle plus propre, répondit Tim. Elle ne fait quasiment pas de bruit. Et je ne te parle pas des progrès en termes de santé et de sécurité !

Il s'exprimait avec des gestes précis. La main qui fend l'air lentement pour couper court à la confusion, les paumes vers le haut pour implorer l'écoute et réclamer un accord. Il était temps que sa formation serve enfin à quelque chose. Sa société avait investi pour que chaque employé puisse être un ambassadeur du changement et un expert en communication. Mais Sophie ne sembla pas du tout convaincue.

— T'es devenu commercial ou quoi ? rétorqua-t-elle. Si tu veux faire quelque chose d'utile question Timebox, tu devrais plutôt aider ton fils à faire ses devoirs. Il a justement un exposé à faire sur ce sujet et il refuse de s'y mettre.

L'idée d'aider son fils à faire ses devoirs n'était pas tout à fait ce que Tim avait en tête. Cependant, cette invitation à parler de son travail, tout en faisant plaisir à sa femme, ne pouvait se refuser. Qui plus est, il allait pouvoir mettre à contribution son tout nouveau gadget, le nec plus ultra des Timebox. Grâce à son statut de cadre supérieur, il était un des premiers à pouvoir bénéficier d'une petite Timebox intégrée à l'intérieur de son appartement, lui-même déjà sous compression temporelle. Deux niveaux de Timebox habitables et encapsulées, un peu comme des poupées russes, rien que pour lui. D'ici peu, quatre niveaux de Timebox superposées seraient probablement chose courante, annonçaient quelques médias spécialisés.

Désespérant de pouvoir convaincre son fils par la raison, il lui prit son assiette. Eilan suivit machinalement la moitié de pizza qui lui restait. Sophie en profita pour se servir une première part.

Sur l'écran du salon, les secondes d'Eilan s'écoulaient tranquillement, tandis que père et fils se faufilaient, l'un après l'autre, à travers une porte étroite.

500 000 199, 500 000 200, 500 000 201

La porte vitrée se referma derrière Eilan. Sans échanger un mot, ils s'installèrent sur les deux sièges qui trônaient au centre de la petite pièce. Les lieux de vie étaient de plus en plus exigus et les écrans de plus en plus omniprésents. Mais l'assise était d'un confort si exceptionnel qu'Eilan oublia pendant quelques instants son assiette en grognant de contentement. Puis, ils se moquèrent un moment de Sophie, en l'observant à travers la porte vitrée. Elle était figée, la bouche grande ouverte devant sa fourchette. Eilan semblait avoir retrouvé le sourire.

— Elle est plutôt cool, cette Timebox ! dit-il

— Tu n'as encore rien vu ! Comme je te disais, je peux t'en faire installer une dans ta chambre. Mais d'abord, il faut qu'on travaille sur ton exposé. Quel est le sujet ?

Son fils répondit avec des mimiques étranges qui l'auraient fait passer pour fou au début du siècle. Tim avait beau se vanter d'être un papa branché et geek, il était déjà dépassé par les nouvelles technologies de navigation oculaire. Une vidéo de quelques secondes apparut sur le mur en face d'eux. L'exposé avait pour thème « La Timebox pour les Nuls : Genèse, fonctionnement et impact sur l'individu et la société »

— Très bien, tu me montres ce que tu as commencé à faire ? demanda Tim d'un air naïf.

— Absolument rien, répondit Eilan. C'est nul comme sujet, les Timebox, tout le monde sait ce que c'est. En plus tu dis que c'est toi qui l'as inventée, mais tu n'es même pas cité une fois dans toutes les vidéos scolaires sur le sujet.

— Tu pourras donc leur apprendre quelque chose, même à ton prof. Et s'il ne te met pas une bonne note, il m'entendra !

— De toute façon, je suis le premier de la classe et tout

le monde se fout déjà de ma gueule. J'ai plutôt envie de la jouer profil bas en ce moment.

— Tu sais, à ton âge, je crois que l'important c'est juste de bien travailler à l'école tout en découvrant avec philosophie les bons et mauvais aspects de la vie et de la nature humaine. Ceux qui se pavanent aujourd'hui et qui ne font rien d'autre que de se moquer des intellos augmentent à chaque insulte leurs chances de rester toute leur vie au dernier rang. Tu n'auras même plus envie de te venger quand tu seras adulte tellement ces bourreaux en herbe deviendront insignifiants et médiocres.

Sans transition, Tim profita d'avoir réussi à capter l'attention d'Eilan pour lui raconter une fois de plus comment il avait inventé la première Timebox. L'histoire débutait avec celle de la vieille montre qu'il était en train d'enlever de son poignet gauche avec précaution :

— Comme tu le sais, c'est ton grand-père qui a conçu et fabriqué cette montre à tourbillon, continua-t-il. Une perle de précision et de robustesse avec une coque et un mécanisme en titane et graphène. Il me l'a offerte le jour de mes dix-huit ans et elle fonctionne toujours à merveille. Un jour viendra où ce sera mon tour de te l'offrir. C'est le modèle Strontium, nommé ainsi en hommage à l'élément utilisé par les premières horloges atomiques assez précises pour étalonner la seconde avec seize chiffres significatifs. Avant cela, on devait se contenter des oscillations lumineuses d'un atome de césium qui ne s'excite que 9 milliards de fois par seconde.

— 9 192 631 770 fois pour être précis, compléta Eilan.

— Oui, exactement ! C'est fou ce qu'il peut se passer de choses en une seconde, commenta Tim d'un air songeur.

Pendant un instant, il fut tenté de lui offrir la montre sur-le-champ. Mais son fils était encore trop jeune pour prendre soin du bijou de la famille, malgré son début de culture scientifique. Qui plus est, Tim n'avait aucune envie de s'en séparer. À chaque réveil, il regardait l'heure comme on lit une prière, même si celle-ci ne voulait plus rien dire.

Combien de temps avait-il passé ainsi à caresser du bout de l'index le cadran, toujours dans le sens contraire de la course de la trotteuse, comme pour faire résonner un verre en cristal ?

— Mais maintenant, les montres mécaniques, ça ne sert plus à rien, lança Eilan pour meubler le silence.

— Si ton grand-père t'entendait… Mais malheureusement, c'est vrai, répondit-il en commençant à faire tourner son index autour du cadran.

— En fait, on pourrait dire que c'était à cause des Timebox que papy a été au chômage.

— Le travail, c'était la grande passion de ton grand-père. Et le chômage, sa plus grande honte. Dès l'apparition des Timebox sur le marché, ses commandes se sont effondrées. Ceux qui avaient les moyens de se payer une montre ultra-précise n'avaient aucune envie de devoir la régler à chaque passage dans une Timebox. Ton grand-père, têtu comme il était, a toujours refusé d'introduire de l'électronique dans ses montres mécaniques, pour les synchroniser automatiquement sur l'heure terrestre. D'après ton oncle Terry, il avait sombré dans l'alcoolisme quelques mois avant ce stupide accident de voiture qui coûta la vie à tes grands-parents paternels. La dernière fois que j'ai vu mon frère, il m'a clairement reproché d'être responsable de tout ça. Depuis, silence radio. Mais ce n'est quand même pas moi qui ai inventé l'alcool et les voitures !

— OK, je ferai un slide sur ça, dit Eilan en guise de réponse, visiblement mal à l'aise face au visage perturbé de son père. On pourrait en faire un autre sur comment tu as découvert les Timebox ?

— Oui, j'y viens. Car justement, si mon père ne m'avait pas offert cette montre, je n'aurais jamais découvert comment la vitesse de l'écoulement du temps pouvait être maîtrisée. Et il serait peut-être encore en train de fabriquer des montres à l'heure qu'il est. En tout cas, j'avais malencontreusement oublié cette montre à l'intérieur d'un drone truffé de capteurs, ne voulant pas l'abîmer en bricolant. Grâce à un accélérateur linéaire d'électrons, on mesurait la résistance du blindage des drones exposés à un bombardement de différents types de rayons et de particules. Une séance était en cours lorsque je me rendis compte que j'avais oublié ma montre. Sans perdre une seconde, j'ai alors appuyé sur le bouton d'arrêt d'urgence et me suis précipité dans la salle. En ouvrant le drone encore fumant, j'y ai retrouvé ma montre brûlante. Je pensais que c'était cuit, qu'elle ne marcherait plus jamais. Cependant, la trotteuse tournait comme si de rien n'était. Par contre, elle n'était plus du tout à l'heure et avait plus de dix heures d'avance. Quelques secondes de retard ou d'avance auraient été possibles, car la chaleur et le rayonnement auraient pu altérer le mouvement du mécanisme complexe, mais comment expliquer que les aiguilles aient pu tourner autant en si peu de temps. Il m'a fallu des mois de travail acharné pour réussir à reproduire l'expérience avec un mécanisme plus approprié. J'ai fini par comprendre que l'exposition à un certain type de rayonnement, en formant localement une sorte de bulle de temps, réveillait une dimension temporelle de sa compactification. Le jour où je fis fonctionner avec succès le premier prototype, l'université me convoqua en conseil de discipline pour m'annoncer mon renvoi pour usage inapproprié des ressources du laboratoire. Certes, je m'étais écarté du sujet de départ et avait endommagé du matériel lors des premiers essais ratés, un peu comme Edison, mais c'était pour la bonne cause. Moralité de l'histoire, si ton papy n'avait pas été horloger et s'il ne m'avait pas offert de montre, je serais sûrement un simple docteur diplômé en physique à l'heure qu'il est. Beaucoup plus jeune également… Dis donc, tu ne prends pas de notes ?

– Des notes ? T'inquiète, je filme tout non-stop avec mes lentilles depuis que j'ai quitté la maison, répondit Eilan comme si c'était normal.

– Quoi ! Tu nous filmes depuis que tu es entré ici ? Tu aurais quand même pu prévenir. Ton grand frère, il ne s'appellerait pas *Big Brother* ? ironisa Tim.

— Mon grand frère ? Mais je suis fils unique, non ?! s'enquit Eilan qui n'avait pas tout compris des références littéraires du siècle dernier. Il mit sur pause l'enregistrement vidéo d'un double battement de paupières.

— Bon, laisse tomber. Je me demande où on va, avec toutes ces caméras, toutes ces vidéos live, même entre nous, s'inquiéta Tim un instant. Avant, certains s'abrutissaient non-stop devant des séries, bientôt les gens passeront le reste de leur vie à regarder les vidéos souvenirs de leur jeunesse. Mais revenons à nos moutons. Pour ton exposé, si on faisait un tour sur Wikipedia ? C'est un bon point de départ en général.

— Wiki quoi ? C'est encore un de tes sites des années 2000 ?

Malgré les réticences d'Eilan, ils se mirent à lire la première page de résumé qui s'afficha entre eux :

*Les technologies Timebox® regroupent un ensemble de moyens permettant de maîtriser la vitesse d'écoulement du temps dans un espace clos en utilisant le principe de compression temporelle. Le préfixe t- permet de désigner un espace équipé d'un module Timebox® : t-box, t-train, t-hôtel, t-four etc.*

*On peut regrouper les différents usages de Timebox® selon les secteurs suivants :*

*— les modules grand public sont utilisés à des fins domestiques, pratiques, récréatives ou professionnelles. L'usager peut ainsi passer le temps souhaité à l'intérieur d'une Timebox® et ressortir une fraction de seconde de temps terrestre après. Les derniers modèles de t-box® grand public ont un coefficient de compression temporelle atteignant 1/1 000 000 ce qui permet à ses usagers de passer en une seconde terrestre environ 11,57 jours. Une seconde passée à l'intérieur de ce type de Timebox® correspond à une microseconde terrestre.*

*— les modules support assurent notamment l'alimentation des Timebox® grand public en énergie et matières premières ainsi que la synchronisation numérique des Timebox® entre elles. Grâce à une infrastructure de t-câbles et t-tuyaux, les utilisateurs de Timebox*

*peuvent échanger des données entre eux, commander une grande variété de produits et souscrire à de nombreux services en ligne.*

*— les modules industriels soutiennent l'accélération de la demande en biens de consommation, matières premières et recyclage des déchets produits. Certaines Timebox® utilisées dans le traitement des déchets et l'agriculture disposent de coefficients de compression temporelle très importants pouvant aller jusqu'à une nanoseconde terrestre pour une t-seconde.*

*La technologie Timebox® a été conçue et commercialisée en exclusivité par l'entreprise DEAS. Son usage s'est rapidement intensifié et moins d'un an après leur commercialisation, les Timebox équipaient plus d'un tiers des foyers et bureaux de la planète. À présent, 100 % des entreprises du CAC 40 utilisent des t-offices pour la majeure partie de leurs opérations. L'accès aux produits Timebox® nécessite l'implant d'une nano-carte d'identité temporelle et la souscription à un abonnement global généralement couvert par l'employeur pour les actifs. Le marché est estimé à 15 000 milliards de dollars et affiche une croissance exponentielle. La politique d'acquisition externe de DEAS lui a permis d'absorber la quasi-totalité des biens et services périphériques des Timebox® et de devenir ainsi la première entreprise mondiale en termes de capitalisation et de chiffre d'affaires. À la tête de DEAS, Anta Bonassoli occupe depuis plusieurs années la première place du classement des personnalités élaboré par le jury du Time100.*

En pleine digestion, Eilan s'était une fois de plus assoupi et releva la tête lorsque son père le secoua.

– C'est ton Wikipedia qui m'a achevé, dit Eilan en guise d'excuse. On n'a qu'à faire une parodie de pub sur la Timebox, ce sera plus vivant. Tu connais la pub où le gamin demande sans arrêt à son papa : « C'est quoi, cette bouteille de lait ? »

– Oui, on l'entend partout en ce moment. Tu as déjà vu la version originale ?

Ils passèrent plus de deux heures à travailler ensemble et étaient plutôt satisfaits du résultat. Leur vidéo commençait avec un jeune enfant assis devant la porte vitrée d'une Timebox. Après avoir demandé à plusieurs reprises « Papa, c'est quoi cette Timebox ? » sans obtenir de réponse, il y entra. Un adolescent prépubère en sortit, répéta la même question, se précipita de nouveau à l'intérieur et réapparut à l'âge adulte avec sa fille lui tenant la main. Celle-ci hurla : « Papy, comment on fait les bébés ? » Son grand-père, plus jeune que son père, sortit alors de sa torpeur et répondit par une autre question :« Les enfants, comment fait-on pour l'héritage ? »

Ils visionnèrent la version finale en 3D et se tapèrent dans les mains. Cette séance de travail leur avait permis de se rapprocher. Alors que son fils s'apprêtait à se lever, Tim posa sa main sur son avant-bras :

– Attends, on est dans une Timebox, on a tout notre temps, dit-il en le faisant se rasseoir. Avant qu'on retourne là-bas, il faut que je te montre l'écran 3D haptique cinétique de cette nouvelle génération de Timebox. Regarde et surtout touche-moi un peu ça !

Leur siège se mit en position verticale assistée. Ils flottèrent un instant sans effort au milieu de la pièce et un sol virtuel mais ferme se fit sentir sous leurs pieds. Un jardin verdoyant apparut avec autant de fleurs multicolores que d'icônes. Tim fit quelques pas comme sur un tapis roulant. Eilan se déplaçait à ses côtés sans faire un mouvement. Tim effleura un arbuste bien taillé représentant le logo de Superman et ils se mirent de nouveau à flotter un court instant avant de se retrouver à l'horizontale en train de voler au-dessus de Paris. Ils dressèrent instinctivement leurs poings vers l'avant et plongèrent ensemble vers la Seine. Eilan tentait tant bien que mal de stabiliser son vol et suivre son père qui n'en était vraisemblablement pas à son coup d'essai. Ils slalomèrent entre les péniches à quelques mètres de la surface de l'eau et passèrent sous le pont des Invalides. Eilan s'écrasa dessus. Les images au ralenti de l'accident apparurent sur l'écran. Eilan était mort de rire face à la vision de son corps désarticulé.

Son père lança une autre application. Un château fort

se dressa autour d'eux. Ils se frayèrent un chemin à travers une foule agitée de chevaliers et de créatures fantastiques armées jusqu'aux dents. À l'armurerie, Tim commanda deux épées. L'imprimante 3D à côté de lui s'activa et il n'eut qu'à tendre le bras pour se saisir de ses nouvelles armes. À l'instant où Eilan prit son épée en polyamide en main, les portes du pont-levis cédèrent avec fracas en laissant entrer une horde d'orques. Son père trancha la gorge à un assaillant pendant qu'un centaure menaçant brandissait une masse d'arme au-dessus de la tête d'Eilan. Son père appuya sur pause au bon moment.

— Alors, Eilan, convaincu ? Allez, je t'en commande une, l'offre va expirer d'ici peu ! Tu devrais l'avoir d'ici peu de temps.

Il appela Sofia, avant de se rappeler trop tard du bug de cette version bêta. La synchronisation du paramétrage n'était pas encore correctement effectuée entre ces deux versions de Timebox encapsulées. Sofia apparut en tailleur moulant devant eux, mettant en valeur une silhouette à la fois élégante et provocante. C'était la version interdite au moins de douze ans, car son fils était présent. Sinon, il aurait eu droit à la version non censurée, en mode *Girlfriend experience*.

Pendant que Tim passait commande, son fils découvrait d'autres perspectives que celles des jeux vidéo et put apprécier les progrès réalisés dans la simulation tactile 3D avec ses mains aussi grasses que baladeuses, lui qui n'avait jamais embrassé une fille.

Sophie avait toujours la bouche ouverte devant sa part de pizza encore intacte. Lorsqu'ils sortirent, le compteur indiquant l'âge d'Eilan en secondes se mit à jour :

500 000 201…

500 007 822, 500 007 823

# 17 HEURES ET 57 MINUTES TERRESTRES RESTANTES

## Tour Kronos, Paris la Défense

Le moment était venu de faire une pause. Tim comptait bien profiter de son week-end. Il avait travaillé pendant plus de quinze heures d'affilée ces dernières minutes terrestres. Certes, il aurait pu s'accorder autant d'heures de détente qu'il voulait dans une Timebox entre deux réunions, mais les habitudes ont la vie dure. S'infliger de longues semaines de travail pour mieux apprécier les week-ends était une de ses préférées.

Il disposait d'un peu plus de deux heures terrestres pour passer quelques journées de repos comme bon lui semblait. Mais il en était réduit à courir à petits pas pressés pour se rendre au pot de départ de René, un ancien camarade de promo et collègue de travail. Le jeune retraité avait été le responsable maintenance de la tour. En guise d'adieu, le tapis roulant avait décidé de tomber en panne au moment de son pot de départ. À cause de cette défaillance, Tim avait dû se résoudre à courir et n'avait que peu d'espoir d'arriver à temps pour se joindre aux convives. Habituellement, le trajet n'aurait pris que quelques secondes.

De l'autre côté de l'atrium central, les invités entraient tous ensemble dans une grande Timebox. Située en face de l'entrée de la tour, elle était surplombée par la nouvelle décoration du jour : des horloges monumentales indiquaient toutes exactement l'heure terrestre du méridien de Paris. En dessous de celles-ci étaient inscrit « Hier », « Aujourd'hui » et « Demain ». La dernière horloge n'avait plus aucune aiguille. Un cadran vidé et libéré des heures, des minutes et des secondes. Un temps mort que Tim aurait bien voulu s'accorder.

Adieu petits fours, whisky cent ans d'âge vieilli en t-fûts de chêne et discussions sans intérêt, songea-t-il.

Il accéléra l'allure pour avoir au moins une chance de croiser son futur ex-collègue à la sortie. Les participants ressortaient en un flot continu de petits groupes. Ceux de devant se retournaient et retrouvaient ceux qui y avaient passé quelques heures de plus. Haletant, Tim arriva juste à temps pour accueillir le jeune retraité à la sortie :

– Salut René, désolé pour le retard… Mais le tapis roulant était en panne.

Son hôte éclata de rire et se mit à parler d'un navire qui sombrait déjà sans son capitaine. Apparemment il n'était plus très frais. Tim avait assez respiré de son haleine chargée et tentait de reprendre la parole en usant de quelques formules de politesse. Il réussit à lui demander quels étaient ses projets pour la retraite, en reculant discrètement.

– Cela fait tellement longtemps que je ne suis pas sorti de cette tour qu'il est grand temps pour moi d'en profiter et de revivre à un rythme plus normal, répondit René tout en réajustant sa veste en queue-de-pie. Regarde comme j'ai vieilli ! On dirait un vampire qui n'a pas vu le soleil depuis des lustres. J'en ai ma claque de ces nuits terrestres qui durent aussi longtemps qu'une saison. Je vais commencer par partir en voyage sous les tropiques pour recharger les batteries avant de m'installer dans une maison en Provence avec un beau jardin et aucune Timebox.

— Et pas de tapis roulant non plus, renchérit Tim. Tu pourras m'y inviter quand je serai moi-même à la retraite. Cela pourrait arriver très rapidement vu de ta fenêtre si j'abuse autant des Timebox que tu as pu le faire. Tu n'y es quand même pas allé de main morte. On avait le même âge il y a dix ans et là, nous avons…

Ils se montrèrent respectivement leur avant-bras en appuyant sur l'écran sous-cutané. Leur âge apparut, indiqué en années et en jours juste en dessous du temps terrestre au nouveau format universel, avec les secondes avant les minutes puis les heures. Il était 46 :00 :19. Tim avait plus de trente-cinq ans alors que René en affichait presque soixante-dix au compteur.

— Trente-cinq ans de différence ! J'ai le double de toi, je pourrais être ton père, s'exclama René en prenant une voix rauque version *Star Wars*. Il faut dire que s'occuper de la tour et de ses Timebox n'était pas un boulot de tout repos. On m'a même surnommé « Twenty Four Seven », comme cette chaîne de boutiques toujours ouvertes à l'époque. Fallait que je sois disponible à tout moment, non-stop. J'ai l'impression d'avoir vécu en mode jet lag permanent et sans jamais voyager. L'heure terrestre, ça ne veut plus rien dire depuis bien longtemps. Les collègues de Tokyo ont participé à mon pot en visio et ont pris l'apéro avec nous alors que le soleil n'était même pas encore levé chez eux.

René continua pendant un moment son monologue d'une voix cassée, alors qu'ils étaient dans une zone temporelle non régulée, ce qui rendait Tim toujours un peu nerveux. René philosophait sur ce temps qui ne comptait plus, complètement déréglé et pollué comme l'étaient l'eau, l'air, la terre, l'espace et les boîtes mails. L'humain ne se déplaçait plus qu'avec des engins, ne buvait et mangeait plus rien qui ne sorte pas d'une boîte ou d'un tuyau. Pour se parler et se voir, c'était la plupart du temps à travers des enceintes et des écrans. Prendre son temps était un luxe qui ne se vivait plus que dans le confinement et l'isolement du temps moderne. Un temps fabriqué et dénaturé comme le reste des éléments et des vies humaines, conclut-il.

Tim prit enfin congé. En tout état de cause, il lui restait cent dix minutes terrestres avant la fin de son week-end. Il se dirigeait prestement vers l'ascenseur pour rejoindre son appartement lorsqu'il aperçut au bout du couloir la dernière personne qu'il aurait souhaité croiser. Sa chef marchait dans sa direction et allait à coup sûr lui demander des nouvelles fraîches du maudit projet qui n'avançait pas. Le bruit de ses talons aiguilles sur le tapis roulant sonnait comme une vieille horloge menaçant de s'arrêter à tout moment. Tim eut une montée de stress lorsqu'il réalisa que cela faisait plus de dix minutes terrestres qu'il n'avait pas consulté les mises à jour que ses chefs de projets lui envoyaient toutes les soixante secondes. Il devait avoir plusieurs milliers de mails de retard. Avec elle, mieux valait paraître maîtriser la situation. Plutôt que d'improviser et se prendre un coup de pression qui gâcherait son début de week-end, Tim décida de s'engouffrer dans une des Timebox qui longeaient le couloir quelques mètres avant d'arriver à son niveau. À cause des progrès réalisés en termes de compression temporelle, il ne pouvait même plus espérer s'y cacher. Même s'il passait une semaine entière à l'intérieur, leur rencontre était inévitable.

Après une heure pénible de lecture de faux espoirs et de mauvaises nouvelles, suivie de nombreuses tentatives de formulation d'une synthèse factuelle et positive, il dut prendre une douche avant de ressortir, même si cela ne l'empêcherait pas de se faire passer un savon dehors.

— Dis donc, tu as vu ta coiffure ? On dirait le Mexicain dans *Las Vegas Parano 3*, lui dit Anta sans dire bonjour comme à son habitude.

— Désolé, je sors de la douche, et je ne suis pas mexicain, je suis un métis franco-indien, répondit-il.

— Avec un sombrero, je t'assure que tu passerais inaperçu à Mexico... Je t'offre une tequila si tu m'annonces enfin une bonne nouvelle sur le projet

TITAN.

– Toutes les équipes sont à présent mobilisées et nous avons réussi à doubler notre capacité à faire, récita-t-il comme une leçon apprise par cœur. Le planning a été entièrement révisé pour sécuriser les jalons clés et une nouvelle approche plus agile et collaborative a été mise en place. La livraison d'un premier prototype est prévue pour demain matin. Je t'ai envoyé la nouvelle version de la synthèse projet.

– Je n'en peux plus des révisions de planning et des approches, répliqua-t-elle. Je veux du concret cette nuit sinon je vais être obligée de prendre du recul, c'est à dire des décisions déplaisantes en ce qui te concerne. Toi et tes équipes, vous avez plus de douze heures terrestres devant vous et autant de Timebox que vous voulez. S'il faut que certains y passent des mois, ce n'est pas mon problème ! Je compte beaucoup sur toi, Tim. Rappelle-toi, qui donne à temps, donne deux fois. On se voit à notre point de ce soir, avec des bonnes nouvelles ou des très mauvaises.

Le bruit de ses pas ponctua la fin de sa tirade. Tim avait eu chaud et était bon pour reprendre une douche. Le pire, c'est que cette situation était habituelle. Cela faisait des années qu'il travaillait dans cette ambiance. Il se dirigea sans attendre jusqu'à l'ascenseur par peur de faire une autre mauvaise rencontre. Heureusement, le t-ascenseur fonctionnait et il se retrouva une cinquantaine d'étages en dessous quelques millisecondes après. C'était un des nouveaux modules mis au point par son département. Cet équipement pouvait faire gagner chaque heure des millions de secondes terrestres à des entreprises comme la sienne. Mais ce n'était rien comparé aux t-toilettes.

La tour Kronos était devenue une sorte de station offshore et une vitrine d'excellence démontrant que l'utilisation des Timebox n'avait pas de limite. Ils avaient réussi à faire mentir le dicton du cordonnier mal chaussé. Ils s'étaient maintenus à la pointe du progrès en absorbant toutes les innovations périphériques. La tour se dressait fièrement comme un phare au milieu de la métropole parisienne. De sa terrasse, la tour Eiffel apparaissait, minuscule, comme un de ces bibelots vendus à la sauvette. La structure transparente et lumineuse de la tour éclairait la ville d'une lueur douce et rassurante. La couleur changeait en fonction des heures de la journée et des saisons, comme un soleil qui ne se couchait jamais. À l'intérieur, on ne pouvait faire deux pas sans croiser une Timebox. Il y en avait des petites pour travailler, manger, dormir ou se détendre. Celles de taille moyenne étaient dédiées aux réunions. Il y en avait des grandes pour les événements et même depuis peu des Timebox à l'intérieur des Timebox. La structure interne de la tour semblait être constituée de cubes empilés comme des briques de Lego. Une légère lumière bleutée s'échappait des portes vitrées des Timebox. À chaque utilisation, un double flash lumineux crépitait, produisant un léger claquement sourd. Vu de l'atrium pendant les périodes nocturnes, le spectacle était féerique, aussi saisissant qu'un feu d'artifice ou que l'observation de la Voie lactée. Les coursives des étages supérieurs se rassemblaient progressivement en cercles concentriques et d'en bas, cet assemblage de guirlandes scintillantes pouvait faire penser à une sorte de sapin de Noël géant vu de l'intérieur. De la cour centrale, des couloirs sans fin partaient dans toutes les directions, tous les six degrés, comme les minutes sur le cadran d'une horloge. Tout était fait dans la tour pour permettre un déplacement ultrarapide des occupants et surtout l'accélération de leurs besoins logistiques et informatiques. Pour suivre le rythme, tous les câbles et tuyaux avaient été placés dans un t-tube. Les problèmes générés par les Timebox avaient été résolus grâce à celles-ci. Rien ne pouvait freiner leur essor. Même les trains roulaient dans des t-tunnels pour accélérer les déplacements sur des longues distances. Le traitement des déchets était devenu un jeu d'enfant avec des matières se dégradant en quelques heures. Et pour satisfaire les besoins exponentiels en énergie, les réacteurs des centrales nucléaires et l'ensemble du réseau de distribution énergétique avaient été placés sous compression temporelle.

Enfin arrivé chez lui dans son salon, Tim se mit à son aise et se connecta sur son portail personnel pour consulter ses statistiques de vie : malheureusement, la plupart de ses indicateurs avaient viré au rouge. N'ayant pas contacté un seul membre de son réseau familial et personnel depuis plus d'une semaine de vie, son indice de vie sociale était tombé au plus bas. Sa dernière activité sociale, hors réseau professionnel, était la visite de Sophie et Eilan qui remontait tout de même au début de l'après-midi de la journée terrestre en cours. Son score de popularité était stable dans sa médiocrité avec un faible écart-type dans les évaluations. Tout le monde l'appréciait modérément, mais personne ne l'aimait vraiment. Sa vie se résumait à être dans la moyenne. D'après les évaluations qualitatives anonymes, il était tout aussi agréable et sympathique qu'ennuyeux et fuyant. On le disait moyennement perfectionniste ou encore modérément exigeant. En fait, il n'y avait que sa banalité qui était remarquable, conclut-il en refermant l'onglet. Sa seule fierté était d'avoir mis au point sans l'aide de quiconque le premier prototype de Timebox. Mais c'était avant que d'autres ne s'approprient sa découverte et l'éclipsent des honneurs réservés aux gens de pouvoir. Il n'arrivera certainement jamais à avoir un profil quatre ou cinq étoiles. Heureusement qu'il pouvait encore se raccrocher à ses fonctions de directeur de département pour garder un semblant de fierté.

Son indicateur de santé avait également triste mine. Aucune activité sportive n'avait été enregistrée dans le mois courant. Son footing pour dire adieu à René n'avait pas été pris en compte dans les statistiques. Il avait également un bilan nutritif exécrable. Seul son taux d'utilisation de la Timebox avait la grande forme. Une jolie courbe à l'air solide et déterminée affichait une progression constante. Il avait récemment franchi la barre des quatre-vingt-dix pour cent de temps passé dans des Timebox. Cela signifiait qu'en cinq heures sur Terre, il vivait plus de quatre jours.

Encore un effort et il atteindrait la limite fixée à une heure par jour pour toutes les entreprises qui avaient adhéré à la nouvelle charte de régulation temporelle. Avec des collègues, cette mesure avait fait débat. La limite était tellement haute qu'elle représentait plus une incitation et un objectif qu'autre chose. Certains soutenaient que sous couvert de booster la compétitivité et sauvegarder leur pouvoir d'achat, le patronat les faisait vieillir de plus en plus vite sans contrepartie. Il avait aussi lu quelques articles dissidents dénonçant cette nouvelle forme d'exploitation temporelle qui avait vu le jour grâce aux Timebox.

Il n'allait pas descendre aujourd'hui du haut de sa fragile pyramide de Maslow à cause d'une culpabilité mal placée. Ses collègues ne se sentaient absolument pas responsables de la façon dont l'humanité utilisait ses outils. La justice a toujours puni celui qui porte l'arme du crime, pas celui qui a déposé le brevet ni fabriqué l'arme. L'être humain avait pu se libérer des contraintes du temps naturel. Tim était convaincu que ce n'était qu'une affaire de temps avant que les problèmes engendrés par les Timebox ne soient résolus par la prochaine révolution technologique. D'ailleurs, son week-end n'aurait eu que peu d'intérêt sans tous ses gadgets, ses paradis virtuels et surtout sa belle Sofia qu'il activa sans plus attendre.

– Bonjour Tim, bienvenue dans votre week-end, prononça une femme à la voix suave. Souhaitez-vous commander un repas pour bien commencer ? Vous avez quelques déficits alimentaires que la formule bio santé du jour comblera.

– Non, ne t'embête pas, j'imprimerai quelques sushis light si besoin est, répondit-il. Qu'est-ce que tu me proposes de faire ce week-end à part manger ?

Un écran s'afficha auprès de Sofia qui prit des airs de

Miss Météo avec une nouvelle robe encore plus courte pour commenter le top dix des suggestions d'activités personnalisées :

– Pour vous relaxer après cette grosse semaine de travail, je vous recommande une séance à la piscine 3D de l'étage. Vous allez adorer le tout nouveau module de plongée Bali. Il est en tête du classement de popularité. Au programme, une faune et une flore colorées et riches dont un banc de raies Manta, un Mola-Mola et des barracudas avec les volcans en toile de fond. Souhaitez-vous que j'ajoute l'option sirène sexy et touristes australiennes en bikini ? Il paraît qu'elles valent le coup d'œil, ajouta-t-elle d'un air polisson.

– Tout cela me paraît fort sympathique. Réserve donc une séance pour après mon réveil, répondit Tim.

– La prochaine activité par ordre de priorité décroissante est de vous occuper de votre vie sociale. Vingt pour cent de vos contacts sont disponibles et trois soirées en ligne sont en cours.

– Non, surtout pas ! s'exclama Tim. Laisse-moi en invisible.

– Comme vous voudrez. Vous avez une dizaine d'anniversaires à souhaiter à des proches et il y a aussi le reportage *Timebox, la fin du temps* que vous désiriez regarder.

– Plus tard aussi, j'ai besoin de me détendre et de ne pas trop réfléchir, s'agaça Tim. Il paraît qu'ils n'ont même pas parlé de moi dans ce film ! Affiche donc mes derniers messages et passe en mode nuit. Combien d'heures dois-je dormir ?

– Vous avez un déficit de deux heures de sommeil. Une nuit de dix heures vous fera le plus grand bien. Il vous reste plus de cent sept minutes terrestres pour profiter de votre break. Bonne nuit, Tim !

Sur le plafond de la pièce, un ciel étoilé plus vrai que nature apparut. L'ambiance était réglée sur le mode « Nuit provençale à la belle étoile ». Un vent rafraîchissant qui sentait bon la lavande et le romarin circulait autour de son lit. Dans la pénombre, Tim osa jeter un coup d'œil rapide à sa messagerie : plus de trois cents e-mails reçus ces dernières minutes terrestres. Il filtra sur son réseau familial et vit tous les rappels d'anniversaire dont Sofia avait parlé. Il y avait le nom de son fils répété plusieurs fois. Tim transféra ces e-mails au responsable applicatif en lui demandant d'analyser et corriger les bugs de cette nouvelle version. Les actualités défilaient en fond d'écran. C'était désespérant, les news s'enchaînaient à un rythme infernal. Tout allait dorénavant beaucoup trop vite pour qu'il puisse s'intéresser à ces histoires dont il allait apprendre la fin avant d'en avoir entendu le début. Les yeux fermés, c'était bien mieux. Sous l'oreiller, il entendait le tic-tac familier de la montre que son père lui avait offerte. Il l'avait tout le temps avec lui. Sans elle, quelle aurait été sa vie ? Quel aurait été le monde ?

# 17 HEURES ET 50 MINUTES TERRESTRES RESTANTES

## Glux-en-glenne

Terry rejoignit avec quelques minutes de retard ses voisins, un couple hétéro uni par les liens du mariage civil, vivant sous le même toit et partageant le même lit depuis plus de trente ans. Il n'y avait plus que les gays ou les retraités pour vivre ainsi. Ils fêtaient leur quatre cents mois de mariage en se disputant gentiment pour ne pas changer. Terry avait été invité à se joindre à eux pour un BBQ végétarien. Se changer les idées était sûrement la meilleure qu'il puisse avoir en ce triste jour. C'était l'anniversaire du décès accidentel de ses parents. S'il était resté seul, il aurait probablement fait une bêtise en abusant de multiples substances psychoactives. Il aurait même pu se laisser aller à reprendre contact avec son frère Tim alors qu'il avait réussi à lui faire la gueule en continu depuis plusieurs années.

Comme à son habitude, il n'arriva pas les mains vides. Pour Marc, il y avait un alcool éponyme, du marc de Bourgogne, une sorte d'eau de vie de raisins accompagnée de son trou-du-cru, un fromage local, « parce qu'il le lavait bien », lança Terry en guise d'introduction, pour faire bonne figure tout en démontrant sa capacité d'adaptation à l'humour habituellement grossier de ses hôtes. Pour Henriette, c'était un gros pot de rillettes de tofu à la tapenade provençale. La soirée commença tranquillement autour des sujets météo et nourriture, deux thèmes qui faisaient polémique dans leur communauté.

La communauté des voisins de Terry comptait de plus en plus de membres actifs répartis dans les maisons de campagne de la région. Certains s'enfonçaient dans une vie recluse et solitaire. D'autres vivaient en communauté au service du bien collectif ou plus fréquemment pour servir les égos qui la composaient. C'était loin d'être parfait, mais toujours mieux que de survivre entassés dans les mégalopoles où sévissaient les Timebox et l'arsenal de révolutions technologiques qu'elles avaient entraîné dans leur sillage. Rapidement, la conversation déboucha sur un monologue de Marc qui s'en prenait à la société et aux pourris qui la contrôlaient. Une fois de plus, il rabâchait que le progrès était la prison de la majorité et le palais d'une minorité. Terry acquiesçait par réflexe et continuait de remuer la tête tandis que Marc en était à comparer le monde moderne à une tornade qui avalait tout sur son passage et ne laissait que des miettes derrière elle. Il se félicita, en prenant Henriette par la main, d'être de ceux qui refusaient de faire partie du système et de contribuer à l'enrichissement à outrance d'un petit nombre d'ultrariches ivres de pouvoir et d'argent. Leur plus grande réussite, c'était de continuer à vivre sans travailler pour des patrons. La petite fête de cette élite saoule avait bien trop duré, convinrent-ils en se reservant un verre.

Une fois le rituel des déclarations idéologiques derrière eux, Marc proclama en guise de transition qu'ici au moins, on savait encore manger, en sifflant un second verre du digestif que Terry lui avait offert. Ils n'avaient encore rien avalé de solide.

Marc était un grand bavard et pourtant, il faisait partie

de la résistance. C'était le secret qu'il avait confié à Terry dès leur première rencontre. Sa mission consistait à rester aussi discret que possible pour ne pas éveiller l'attention sur lui afin de cacher des personnes ou du matériel. Marc essayait à chaque occasion de convaincre son voisin solitaire de le rejoindre, sans succès.

Henriette leur tendit une tartine. Terry faillit oublier de la remercier de lui offrir la possibilité de pouvoir goûter au cadeau qu'il lui avait offert. Pris au dépourvu, il n'arriva plus à se rappeler la bonne tournure de phrase et bégaya à la place une formule de politesse incompréhensible. L'alcool lui tournait déjà la tête. Il partagea les rires moqueurs de ses hôtes en se disant qu'il n'avait plus l'habitude de parler avec des gens, à force de passer tout son temps seul avec ses plantes. « Je devrais leur parler plus souvent », ironisa-t-il à haute voix sans préciser à qui il faisait référence.

Sans chercher à comprendre les blagues de leur étrange voisin, le couple se mit à lui présenter les stars de leur festin : des monts d'or prêts à servir de dip à des brochettes de légumes grillés. Terry leur révéla alors l'identité de l'invité mystère prévu pour le dessert. Il s'agissait d'une tarte aux myrtilles, avec des baies génétiquement parfumées à l'une des quatre saveurs préférées de Terry : cannelle, vanille, citron vert ou laurier. Une sorte de casse-tête gourmand pour goûter, bouchée après bouchée, à toutes les combinaisons de saveurs. Seule la recette était prête. Pas besoin d'anticiper davantage lorsque l'on dispose d'une t-serre et d'un t-four dans sa cuisine, aussi choquant que cela puisse paraître pour un débranché. Terry y était complètement accro et avait mis la barre très haut question jardinage et cuisine.

Lorsqu'ils comprirent que Terry comptait utiliser son équipement high-tech, ils se permirent de lui faire plein de reproches comme à leur habitude. Pourtant, dès qu'ils avaient la bouche remplie de ses desserts, ils en redemandaient. Leur truc à eux, c'était d'ouvrir leur grande gueule et de répéter à chaque fois le même refrain : je critique, je t'impose mes idées, je me vante et enfin je t'oblige à me revoir bientôt. Et aujourd'hui, ils étaient en grande forme. Ils critiquèrent la façon dont il faisait la cuisine puis imposèrent longuement leur idéologie tout en se vantant d'être des exemples de cohérence dans l'application de leurs valeurs fondamentales. Et d'ici peu, ils lui demanderaient de leur refaire un gâteau, cette fois-ci sans four Timebox, pour comparer le lendemain. Terry en aurait mis sa main au feu.

En attendant, il comptait s'exercer à l'art délicat de la justification sans en avoir l'air, c'était la règle de ce jeu social. Il se lança sans filet dans un match d'improvisation façon cadavre exquis diplomatique :

– Je crois que les coupables ne sont pas ceux qui cuisinent un repas végétarien avec un four Timebox. Vous ne pouvez pas me tenir responsable de contribuer à la destruction de la Terre et de ses habitants parce que je cuisine une tarte. Et je vais vous dire pourquoi.

Terry marqua une pause le temps de trouver la suite et de finir son verre. Son introduction avait déjà fait mouche. L'important était de prononcer ce mot magique, *pourquoi*, puis de donner une raison même si celle-ci était complètement bidon.

– Pourquoi ? Parce que vous ne pouvez pas reprocher à la poule d'avoir tué le cochon pour faire une omelette au lard. Parce que la poule est seulement concernée par l'omelette. C'est le cochon qui est impliqué, au même titre que ceux qui ont préparé ou mangé l'omelette. Le progrès n'est pas dangereux en soi, tout comme l'œuf n'est pas dangereux pour le porc. Mais il doit être utilisé avec intelligence. Comme la beauté attire ceux qui manquent d'imagination, la technique attire les hommes en manque de pouvoir ou de bacon.

Il termina sa tartine en se demandant jusqu'où sa métaphore aurait pu les emmener. L'image d'une omelette baveuse avait ouvert l'appétit des deux époux qui mirent à cuire les brochettes de légumes sur les braises tout en se demandant si Terry ne venait pas de traiter Henriette de moche. Ils préférèrent continuer sur un sujet plus léger et recommencèrent à parler d'eux-mêmes.

Marc, anniversaire de mariage et nostalgie obligent, se mit à raconter des souvenirs de sa vie d'avant. Comme Terry, il avait été cadre dans une vie antérieure et se vantait d'avoir réussi à ne jamais vendre son âme au diable. Selon lui, il avait réussi à hurler parmi les loups afin d'accéder à des responsabilités et de saboter de l'intérieur l'entreprise capitaliste. Terry garda pour lui ses pensées. Derrière les grands discours se cachait un petit chef à plume qui s'était juste débrouillé pour récolter le moins d'actions possible à coups d'effets de manche. La vérité, c'était que Marc n'avait eu nul besoin de se forcer pour faire mal son travail.

— En tout cas, conclut Marc en écrasant deux insectes accouplés qui avaient eu le malheur de se poser sur son transat, je suis bien mieux allongé en pleine nature sur ma terrasse plutôt que le cul posé sur un fauteuil en cuir derrière les vitres du siège d'une multinationale.

Terry se remémora sa première rencontre avec Marc. C'était le printemps et l'air était saturé d'insectes en tout genre, dont certains avaient un goût prononcé pour la chair humaine. Marc lui avait alors dit que si les gens du coin faisaient des gestes bizarres, ce n'était pas parce qu'ils avaient des tics mais des mouches. Puis, il lui avait écrasé un taon avec une grosse tape sur l'épaule.

Les voisins, c'est comme la famille, on ne les choisit pas. Mais Terry était tout de même ravi de ces moments passés en compagnie de ces êtres authentiques et bourrés de contradictions. Il ne s'était jamais senti à l'aise en présence de quiconque, même de son propre frère. Des rencontres ennuyeuses étaient donc toujours les bienvenues pour conforter de temps à autre son choix de vie solitaire.

Avant de trouver refuge dans le Morvan, Terry avait

parcouru le monde à travers des villes qui se ressemblaient toutes. Il était alors payé pour réfléchir comme un robot et vivre tel une machine sans se poser de questions. Sa vie était réglée comme une horloge, comme le papier d'une musique composée par d'autres. Les drones étaient sa spécialité et on lui confiait systématiquement le développement des modules les plus critiques. Il était un des rares experts qui connaissaient son sujet dans le détail tout en ayant une vision d'ensemble. Il avait la solution à tous les problèmes qui lui étaient présentés et était souvent très apprécié par ses supérieurs malgré son caractère et son aversion envers toute forme d'autorité. La cohabitation avec sa hiérarchie s'était déroulée sans accroc jusqu'au jour où son N+1 fut remplacé par une femme dont il n'arrivait pas à oublier le prénom. Terry portait encore les blessures de ses rares échanges avec Anta. Le sentiment d'infériorité qu'elle avait su faire grandir en lui l'avait rendu complètement impuissant face à elle et à son mépris. Elle s'était rapidement hissée au sommet de la pyramide de DEAS, le géant de l'aéronautique, du transport et de l'armement pour lequel Terry travaillait. Lorsque les Timebox virent le jour, la vie de Terry bascula et chuta dans le chaos à cause de l'invention de son frère et de l'utilisation qu'Anta en faisait. Elle avait poussé des dizaines de milliers d'ingénieurs dans des Timebox pour augmenter le rendement de son entreprise, et lui le premier.

Terry avait alors perdu pied avec la réalité. Sans routine, sans les jours dans les semaines, sans les heures dans les journées et surtout sans ses randonnées dans les réserves naturelles, sa vie avait basculé. C'est à ce moment qu'il avait commencé à s'intéresser aux drogues et à la botanique. Une danse frénétique l'avait emporté loin de sa famille. Ses jours étaient devenus comme des secondes pour eux. Il avait délaissé ses derniers amis dont la vie se déroulait comme au ralenti par rapport à lui. L'existence à un rythme terrestre devenait insupportablement lente pour un consommateur régulier de Timebox et de paradis artificiels. Terry prenait des rides à vue d'œil et était de moins en moins sobre. Sa famille ne lui souhaitait même plus ses anniversaires devenus quasi hebdomadaires. Il perdait sa vie à la gagner. Dès qu'il avait quelques secondes entre deux réunions, il en profitait pour s'offrir une n-ième séance de shootage de gueule atemporelle. Lorsque ses proches furent à leur tour rattrapés par les Timebox, soit en tant qu'usager soit en tant que victimes collatérales, tout s'écroula encore plus vite. Le jour où ses parents furent emportés par un accident de la route, Terry se retrouva désespérément seul et immensément triste à travers un temps sans forme et sans repères. Et il était loin d'être le seul à se sentir aussi isolé. De nombreuses familles s'étaient retrouvées disloquées par cette tempête temporelle. Il voyait chaque mauvaise nouvelle autour de lui comme une conséquence indirecte des drones ou des Timebox. Il avait alors commencé à reprocher autant à son frère qu'à lui-même, de faire partie des responsables de ce chaos ambiant. Finalement, il avait pu s'échapper de ce cycle infernal en s'exilant loin des villes. Il avait réagi et quitté la grande course de la horde des cadres trentenaires. Ces derniers ne pensaient qu'à être les premiers et à dépenser sans limites. Ils se pavanaient avec leur grade de senior alors qu'ils faisaient tout pour paraître plus jeunes qu'ils ne l'étaient. Terry de son côté avait troqué l'argent et la plupart de ses gadgets contre la liberté et de belles journées d'une vie simple dans la nature. Sa plus grande réussite avait été de fuir et se débrancher du système. Son frère quant à lui avait vendu son âme au diable, d'après Terry.

Henriette le tira de ses pensées :

– Nous aussi, on a un cadeau pour toi, Terry !

Elle sortit un morceau de tissu d'un panier.

– C'est le drapeau des eco-warriors ! dit Marc en bombant le torse.

Terry l'étendit avec un semblant de fierté. Au centre du drapeau était dessiné un tripode, le symbole de l'unité pour les aborigènes d'Australie. L'ensemble était bien assorti aux couleurs des tomates et poivrons multicolores au fromage fondu. Il le mit autour de son cou, comme une écharpe de foot.

– L'union fait la force, poursuivit Marc. Il faut agir tous ensemble avant qu'il ne soit trop tard sinon cette planète sera réduite en cendres en deux temps trois mouvements à cause de ces Timebox qui polluent et consomment cent fois plus qu'auparavant. Il paraît que le prochain *over-shoot day* se fêtera à la Chandeleur, avec des crêpes au sirop de palme en plus. Ce n'est plus l'erreur qui est humaine, c'est l'humanité qui est une erreur. Si j'avais un bouton pour faire disparaître l'humanité et ses machines, j'appuierais dessus sans hésiter une seconde !

– C'est rigolo ce que tu dis, répondit Terry. La Chandeleur, c'est un vieux symbole de prospérité. S'il y avait de la farine excédentaire à cette période, ils s'en servaient pour confectionner des crêpes et fêter une nouvelle année placée sous le signe de l'abondance.

Bien qu'atteint de misanthropie au dernier degré, Terry se sentait moins radical que son voisin qui pourtant semblait ne pas savoir vivre seul. Maladroit comme il était lorsque la pression montait d'un cran, il aurait certainement renversé sa tasse de café sur ce bouton apocalyptique imaginaire et laissé un court-circuit choisir son camp à sa place. En tout cas, il n'avait aucune envie de se lancer dans un argumentaire avec Marc sur ce sujet. Le fait de ne pas vouloir tuer qui que ce soit à coups de bouton n'avait pas besoin d'être défendu. D'après lui, l'être humain avait déjà bien entamé son cycle de destruction et la fin de cette civilisation ne devrait pas se faire attendre. L'acte le plus écologique était probablement de ne rien faire, voire même d'inciter ses contemporains à polluer sans s'en inquiéter afin de précipiter l'humain vers son extinction. Il espérait seulement que cela arrive de son vivant afin qu'il puisse profiter du spectacle de la déroute de ses semblables.

Face à son voisin insistant, Terry acquiesça mollement avec quelques-unes de ses formules passe-partout préférées : tu m'étonnes, sans blague, à qui le dis-tu, carrément, c'est sûr. Qu'il s'agisse d'une conversation banale ou d'une discussion enflammée sur l'avenir de l'humanité, il en usait et abusait. Il répétait ces phrases toutes faites avec exactement la même intonation et la même expression d'une fois sur l'autre. Le pire, c'était que personne ne semblait s'en rendre compte.

Après avoir repris du marc de Bourgogne, Marc jura en voyant sa main toute noire de suie. Il s'était sali en utilisant des outils pour remuer le BBQ et dut se résoudre à s'absenter un court instant pour aller se laver. Terry, ravi, jugea le moment opportun pour fausser compagnie à Henriette et préparer tranquillement le dessert chez lui. En guise d'encouragement, elle recommença à critiquer ses appareils ce qui permit à Terry d'avoir une bonne raison pour prendre ses jambes à son cou et faire une course rapide le long du chemin qui descendait jusqu'à sa maison. En rentrant chez lui, il griffonna sur une longue liste accrochée au mur le mot *footing*. Il peinait à reprendre son souffle après cette petite course de quelques centaines de mètres alors qu'il avait parcouru des dizaines de kilomètres à travers les parcs nationaux lors de ses escapades solitaires. C'était l'époque où il n'avait pas de domicile fixe et dormait la semaine dans une chambre d'hôtel de luxe avant de passer le week-end à la belle étoile. Jamais il ne s'était senti bien dans les lits douillets des cinq étoiles alors que dans la nature, il était toujours chez lui. Dans les gorges du Vercors, en Cappadoce ou au sommet d'une montagne dans la vallée du Spiti, il était dans son élément. Il avait parcouru le monde en choisissant chaque mois une nouvelle destination pour tenter d'échapper à une vie sans repères. Maintenant, il s'était sédentarisé avec son terrain à lui et à sa grande surprise, il s'y était fortement attaché. Ici, demain y était devenu une plus belle promesse qu'ailleurs. Sa maison se résumait à une simple pièce à vivre en grande partie vide où tout semblait avoir une place définie. Autrefois à tendance bordélique, il n'avait plus de soucis de rangement depuis qu'il avait appris à vivre tel un nomade avec le contenu d'un petit sac de voyage comme seuls effets personnels. Il longea son lit composé d'un simple matelas posé par terre à côté d'un vieux lavabo et d'une trousse de toilette en guise de salle de bains. Contournant le tapis délimitant le salon, il prit avec précaution la télécommande pour appuyer sur la touche DISC. Il avait récupéré quelques antiquités lorsqu'il s'était installé dans cette maison et avait failli s'en débarrasser dès les premiers jours. À présent, il ne pouvait plus se passer du tic-tac de l'horloge qui pourtant le rendait fou au début. Il y avait aussi le meuble à étagères rempli de vieux livres de poche qu'il avait presque tous lus deux fois. Une vieille chaîne hi-fi était posée dessus, avec un lecteur CD toujours en état de marche et des disques aussi rétros que rayés. Une lumière bleue apparut sur l'écran LCD. Deux gros haut-parleurs étaient reliés par des fils noirs à la station centrale. Les doux accords de la version acoustique de *Redemption song* se firent entendre après plusieurs secondes d'attente. Il posa la télécommande sur la table du coin cuisine où ses appareils préférés l'attendaient.

Une fois sa t-serre réglée en mode myrtilles, il inséra quatre graines dans une fente puis se retourna pour extraire du frigo la pâte brisée et la garniture préparée à l'avance. Lorsqu'il posa ces deux plats sur la table en face de la t-serre, quatre petites plantes bien touffues et parsemées de myrtilles avaient déjà poussé. Cultiver des légumes, des fruits, des herbes ou des fleurs était devenu un jeu d'enfant. Le jardinage avait bien changé. Plus besoin d'attendre des mois avant de pouvoir récolter les fruits de son travail. Il suffisait d'avoir une t-serre, de l'électricité et de l'argent pour acheter des semences et des substrats. En quelques secondes, une graine se transformait en une belle plante. La délicate récolte des myrtilles put commencer. C'était la phase qui prenait le plus de temps et nécessitait de la bonne musique. Le refrain et le léger mal de tête que l'alcool avait provoqué donna envie à Terry de se préparer un petit plaisir pour la suite de la soirée. Après un moment d'hésitation face à sa collection de psychotropes en tous genres, il se décida pour des space-feuilles d'une menthe très spéciale contenant une nouvelle molécule synthétique tout aussi puissante que légale. Chaque jour, des hordes de nouvelles espèces végétales inondaient le marché juteux de substances narco-légales et de molécules inconnues. Les services de contrôle n'étaient pas dimensionnés pour réguler cette industrie. Grâce à l'usage de t-serres dans les laboratoires de recherche et développement botanique, les ingénieurs avaient pu donner un rythme industriel à l'innovation. Ils avaient mis sur pied des variétés de plantes pour tous les goûts et toutes les envies. Celle que Terry avait sélectionnée avait été élaborée en ajoutant à une menthe sauvage poivrée quelques attributs issus de plantes ayant des effets psycho-actifs telles que la chacruna et le khat. Cette space-menthe était censée produire un trip léger de force quatre sur dix en termes d'intensité, mais de longue durée avec plus de douze heures garanties par feuille. Les scores obtenus dans les catégories relaxation, créativité, anti-douleur et anti-stress étaient en eux-mêmes euphorisants. D'une main, il mit une graine dans la t-serre et de l'autre la tarte dans le t-four. La tarte fut cuite une seconde plus tard. Une bonne odeur emplit la pièce. Deux secondes plus tard, la space-menthe était prête. Il arracha délicatement quatre feuilles sur le buisson en chantonnant le passage préféré de la chanson qu'il avait mise en boucle : « cause none of them can stop the time ». Il déposa le tout sur la tarte et commença à en grignoter une en réajustant le drapeau autour de ses épaules. Les effets étaient immédiats. Il traversa le salon puis rebroussa chemin après avoir réalisé qu'il avait oublié le dessert sur la table. Sans réfléchir, il prit la tarte à pleines mains avant de se rappeler que le plat sortait à peine du four. Il avait des traces de légères brûlures sur les mains, à moins que ce ne soit une hallucination. Sinon, les effets antidouleurs de sa nouvelle plante étaient bluffants. Il comprenait mieux pourquoi il était écrit en rouge sur le paquet : « Risque de blessures. Effets analgésiques puissants ». Terry reposa doucement le couteau sur la table et prit un torchon en se disant qu'il était plus prudent de laisser à Henriette le soin de couper la tarte.

La montée lui parut bien plus facile que la descente à l'aller. Il marchait d'un pas léger en souriant et était absolument ravi de retourner à sa soirée avec les voisins qu'il apercevait au loin parler avec de grands gestes. Quelques éclats de voix parvinrent jusqu'à lui en même temps qu'un bruit familier qu'il ne reconnut pas immédiatement. La mémoire lui revint lorsqu'il fut projeté à terre par le souffle des explosions simultanées de sa maison et de celle de ses voisins. C'était un son que l'on entendait toujours trop tard, le son strident des drones.

# 17 HEURES, 41 MINUTES ET 35 SECONDES TERRESTRES RESTANTES

Paris

— Tim, réveillez-vous. Votre femme est au téléphone. Elle vous appelle d'une t-cabine de l'hôpital Necker et dit que c'est très urgent. Je vous mets en relation.

La voix de Sofia avait interrompu Tim dans son sommeil. Avant qu'il n'ait eu le temps de prononcer le moindre mot, Sophie était déjà à l'autre bout de la ligne.

— Tim, on a un gros problème, dit-elle d'une voix remplie de larmes et d'angoisse.

— Sophie, Qu'est-ce qui se passe ? articula Tim, à peine réveillé.

— C'est Eilan, répondit-elle.

Tim eut alors un très mauvais pressentiment en se rappelant le bug des anniversaires.

— Il a fait une grosse bêtise avec cette Timebox que tu lui as offerte, continua-t-elle. J'étais encore au travail quand l'hôpital m'a appelé. Lorsque je l'ai retrouvé, je ne l'ai pas reconnu. Notre fils a vieilli de plus de dix ans, en quelques heures !

— Dix ans ?! Tu veux dire qu'il a plus de vingt-cinq ans

maintenant ? demanda Tim comme s'il ne savait plus faire une simple addition.

— Vingt-six, s'étrangla Sophie. Si seulement on pouvait revenir en arrière et t'empêcher de faire cette maudite invention ou ce maudit cadeau... Notre fils aurait l'âge qu'il devrait avoir, et ses grands-parents paternels.

— Arrête Sophie ! Dis-moi plutôt comment il va, s'il te plaît.

— Il est en observation, maigre et affaibli. Barbu également. Les médecins m'ont dit que son pronostic vital n'était pas engagé, mais il faut que tu viennes. Mon Dieu, Tim, on ne le verra plus jamais grandir désormais, juste vieillir. Il me manque tellement, alors qu'il est là.

Tim partit en courant de chez lui. Son fils avait finalement décidé à sa place de ce qu'il allait faire de son week-end. Sport, angoisse et culpabilité, pour commencer. Les paroles de Terry à la mort de ses parents et maintenant celles de sa femme tournaient en boucle dans tête. Il n'avait pas choisi d'inventer les Timebox, après tout. Et quand on découvre quelque chose d'aussi important, comment ne pas aller jusqu'au bout ? Mais en offrir une à son fils, c'était autre chose. Comment aurait-il pu se douter qu'Eilan en abuserait ?

Lorsqu'il arriva à l'hôpital, Sophie avait l'air anéantie et réserva ses dernières forces pour l'accueillir avec un regard plein de reproches. Déjà qu'elle n'aimait pas les Timebox, elle les détestait encore plus, maintenant que leur fils en avait fait les frais. Ils se dirigèrent en silence, comme endeuillés, vers la chambre de leur vieil enfant. Ils croisèrent sur le chemin le chef de service de l'hôpital. Celui-ci leur annonça que les jours de leur fils n'étaient pas en danger. Les symptômes mineurs dont il souffrait étaient fréquemment observés chez les hikikomori, ces jeunes Japonais qui vivaient reclus dans leur chambre pendant des années, avant que cela ne devienne un phénomène global à cause des Timebox. Le manque d'exercice et les carences diététiques entraînaient une fatigue générale chez ces individus. Psychologiquement, c'était plus difficile de se prononcer, car Eilan n'avait pas encore dit un mot mais son silence n'avait rien d'anormal pour quelqu'un qui n'avait physiquement vu personne pendant des années. Le médecin ajouta que le pire avait été évité grâce à une histoire de sushis périmés. Leur fils aurait pu sortir plus vieux qu'eux s'il ne s'était pas évanoui à cause d'une intoxication alimentaire aiguë. C'est ainsi que l'arrêt automatique de sa Timebox et l'envoi d'une alerte aux urgences avaient été déclenchés. Il ne s'agissait pas d'un retour volontaire. Le docteur conclut sur une note positive en leur rappelant que leur fils était en vie, et qu'il ne fallait pas l'oublier, surtout dans un hôpital.

— Docteur, avez-vous observé des effets négatifs liés à la sur-utilisation des Timebox ? demanda Sophie, inquiète pour la santé d'Eilan.

— Je serais tenté de le demander à votre mari, rétorqua le médecin en laissant planer un silence aussi court qu'embarrassant. Mais si je m'en tiens aux communications officielles de DEAS sur le sujet, il n'y a absolument aucune raison de s'inquiéter. Votre fils a utilisé le nouveau modèle officiellement garanti sans danger pour la santé.

Tim, n'en pouvant plus d'être le centre de tous les reproches, haussa le ton :

— La preuve, on vérifie nous-mêmes en y mettant nos propres enfants comme cobayes ! Et puis, vous devriez peut être retourner dans une Timebox pour vous occuper de vos patients.

Toute la semaine, il devait se farcir les remarques désobligeantes d'Anta. Ce n'était pas un médecin qui allait lui faire la leçon le week-end. Il tourna les talons et fonça vers la chambre d'Eilan. Sophie n'avait pas bougé d'un centimètre.

— Rassurez-vous, madame. Votre enfant a pris dix ans en quelques heures, mais toutes les analyses sont positives, lui dit le docteur sur un ton compatissant, en posant sa main sur le côté de l'épaule de Sophie. À ce stade, la seule chose à surveiller si vous voulez le voir encore un peu, c'est qu'il ne retourne pas dans une Timebox pour y finir ses jours.

La main sur la poignée de la porte de la chambre de son fils, Tim hésita pendant un moment. Il se serait bien éclipsé quelques jours dans une Timebox voisine pour réfléchir à ce qu'il pourrait dire à quelqu'un qui en avait largement abusé. Lui qui appréhendait le fait d'être le père d'un jeune en pleine puberté...

Il ne savait pas quoi penser du geste de son fils et encore moins ce qu'il était censé ressentir, à part un profond regret de ne pas avoir activé l'option contrôle parental. Son fils n'avait pas souhaité voir ses parents pendant plus de dix ans et il était de retour malgré lui. Le docteur fit irruption au bout du couloir, ce qui permit à Tim de se décider. Il préférait ne pas le recroiser.

Il entra silencieusement dans la pièce sombre et se rapprocha du lit où était étendu un homme qui lui rappelait vaguement quelqu'un.

– Salut ! Ça fait longtemps, non ? chuchota-t-il.

Tim se pencha pour l'embrasser avant de contenir son élan, décontenancé par le visage silencieux et barbu d'un étranger qui le regardait fixement. Cet individu n'avait rien à voir avec l'adolescent boutonneux qu'il avait reçu chez lui hier. Un doute s'empara de lui pendant quelques instants, s'était-il trompé de chambre ?

– Eilan, c'est toi ? Allez, dis-moi quelque chose, tu me reconnais ou pas ? supplia-t-il.

– Salut, Papa, articula le patient d'une voix rauque et timide. Tu n'as pas changé, comme dans mes souvenirs.

– Par contre, toi... ça fait un choc, je t'assure ! répondit Tim, décontenancé par cette voix grave qui l'appelait Papa.

– Ne t'inquiète pas. Je suis juste un peu fatigué. Désolé de vous avoir fait ça. Ce n'est pas du tout à cause de vous. Tu ne peux pas savoir comme j'étais heureux dans ma Timebox ! Tellement de divertissements et de moments de plénitude. Plus de déceptions, d'attente ou de craintes.

Finalement, je m'y suis senti bien moins seul que dehors, quand je vivais à un rythme normal. J'ai fait le tour du monde virtuel plusieurs fois, participé à des fêtes incroyables et gagné largement de quoi subvenir par moi-même à mes besoins. En plus, ma thèse en astrophysique est bientôt terminée.

— Ta thèse ! s'exclama Tim.

— Oui, j'ai même découvert une nouvelle méthode de détection d'astéroïdes et j'en ai baptisé un à ton nom, en souvenir du beau cadeau que tu m'as fait il y a dix ans, Papa.

Il finit sa phrase avec un sourire et une main sur le poignet et la montre de Tim. Ils avaient dû suivre les mêmes cours de programmation neurolinguistique.

Tim ne savait plus quoi penser. D'un côté, il était profondément blessé d'avoir été abandonné et délaissé de la sorte par son fils. Mais il ressentait également une grande fierté à l'égard de ce jeune étudiant surdiplômé et aimant. Le tout flottait dans une bonne dose de culpabilité.

Ils passèrent un étrange mais agréable moment à parler ensemble. Finalement, Tim se décida à repartir en plaisantant sur le fait que la course contre la montre avait redémarré et qu'Eilan n'avait pas intérêt à être plus vieux que son père lorsqu'ils se reverraient, car il était mauvais perdant. Le jeune homme qu'il venait de rencontrer était bien plus sympa et intéressant que le jeune ado ingrat de la dernière fois, mais l'impression que son fils était mort était omniprésente. Il allait devoir faire le deuil d'une partie de la vie de son enfant, à cause de sa propre invention. Il ne restait plus qu'à digérer ce changement majeur dans leur vie de famille, et convaincre Sophie que ça aurait pu être pire, sans trop y croire.

Un coup d'œil furtif à son écran sous-cutané lui rappela qu'il n'avait plus qu'une demi-heure terrestre devant lui pour rentrer chez lui et retrouver une vie presque normale. Il y apprit également que grâce à cette deuxième visite familiale en moins d'une semaine, son indice de vie sociale était repassé au vert.

# 17 HEURES ET 10 MINUTES TERRESTRES RESTANTES

## Glux-en-glenne

Lorsqu'il reprit connaissance, Terry se battit mentalement pour dissiper les brumes que le choc et les drogues avaient répandues dans son esprit. Comment s'était-il retrouvé ainsi ?

Même se rappeler son prénom ou l'année en cours lui était impossible. La première chose qu'il vit en ouvrant les yeux fut une main tachée de sang. Il reconnut que c'était la sienne, mais n'arriva pas à la lever. Une sorte de paralysie s'était emparée de lui. Son bas-ventre était humide, peut-être à cause d'une hémorragie, s'inquiéta-t-il. Il eut un moment l'impression que son bassin était complètement retourné, avec les fesses par-devant. Lorsqu'il parvint à bouger ses doigts, il comprit que ce qu'il prenait pour du sang provenait de la tarte aux myrtilles.

Les morceaux se recollèrent dans sa mémoire et tout lui revint d'un coup : le barbecue, les voisins, la tarte, la space-menthe puis l'attaque du drone. Sa maison avait été réduite en cendres. Ce n'était pas exactement le trip zen et positif que promettait la brochure de sa menthe psychoactive.

Terry se lécha les doigts et ramassa précautionneusement les trois feuilles éparpillées par terre. Il avait le goût délicieux des quatre myrtilles en bouche et parvint à se relever sans ressentir aucune douleur.

En se dirigeant vers la terrasse des voisins, il émit l'hypothèse que tout cela n'était qu'un tour que lui jouait son cerveau de toxico. Tout allait bien, se dit-il, il était simplement en train de se raconter une histoire pour avoir le dessert à lui tout seul. Mais le cauchemar continua : une grosse tache noire fumante s'étalait autour du barbecue. Les contours se dessinèrent plus précisément et la scène qu'il découvrit n'avait rien d'un BBQ végétarien. Cela relevait plus d'un méchoui avec deux moutons rôtis renversés. L'un d'entre eux bougeait encore une patte. La bête poussait des cris humains et l'appelait par son prénom. Terry s'accroupit à côté de ce qui avait des airs de Marc, recouvert de vêtements et de chairs brulés. Son voisin s'évertua à lui apprendre quelques nouveaux jurons au prix de douloureux efforts. Terry avait même dû lui faire répéter quelques gros mots qu'il n'avait pas compris du premier coup. Juste avant de s'effondrer dans un râle, Marc prononça ses dernières paroles :

– À la Côme au diable… sous le pont… Merde…

Des véhicules en approche se firent entendre. Terry s'enfuit vers la forêt à toute allure. Il avait eu chaud avec l'attaque du drone. Il ne comptait pas leur donner une seconde chance et finir comme ses voisins. Fuir était toujours la meilleure option.

Il dévala la pente en direction de l'endroit indiqué par feu Marc. La perspective d'un stage de survie extrême, poursuivi par des mercenaires ou l'armée n'était pas sans lui déplaire : tous ses efforts pour apprendre des techniques de survie allaient enfin se rendre utiles.

Les troupes au sol pouvaient suivre sur leurs lunettes l'image thermique d'un individu fuyant dans la forêt. Ce qu'ils ne voyaient pas, c'était que leur cible était secouée par un violent fou rire, avec un drapeau *Earth Liberation*

*Front* flottant au vent tel une cape de super-héros. L'ironie de la situation était totale. Il avait passé la moitié de sa vie à perfectionner des drones qui venaient tout juste de le rater.

La nuit tombait peu à peu sur la vallée lorsqu'il arriva sur le petit pont de pierre, en se tenant les côtes. Terry se pencha pour regarder par la bouche aval du torrent et ne vit qu'un mince filet d'eau s'échapper. Il se faufila dans le tunnel et y découvrit une boîte coincée dans un trou de la paroi. Il la sortit délicatement et s'apprêtait à ressortir lorsqu'il entendit des pas et des voix se rapprocher. Des pieds apparurent près de l'entrée du tunnel.

— Capitaine, j'ai perdu ma connexion, zéro barre, dit l'homme qui devait faire un bon quarante-sept.

— Moi aussi, c'est trop encaissé ici, répondit une voix d'homme plus âgé. Faudrait qu'on remonte après avoir inspecté le secteur. Le fugitif était ici lorsque l'image s'est coupée.

— Vous savez si c'est un terroriste qu'on cherche ou juste une cible secondaire ?

— D'après le QG, c'est le voisin du terroriste qui s'est enfui. Il paraît qu'il n'a encore rien fait à part vivre dans ce coin pourri, répondit le chef en jetant par terre l'emballage d'une pastille concentration et endurance. C'est du préventif comme d'hab ! Le risque de passage à l'acte est faible, mais non négligeable. Par contre, le potentiel d'impact est important. Ce gars était un petit génie des drones alors forcément, ça fait peur au central. Va savoir, il pourrait être capable de hacker nos drones et d'en faire des engins terroristes.

Terry n'en croyait pas ses oreilles. C'était absurde. L'idée de pirater des drones ne lui avait jamais effleuré l'esprit. Le voilà maintenant fugitif, alors qu'il n'avait rien fait de mal. Il allait leur montrer ce dont une cible secondaire était capable.

Dès que les soldats s'éloignèrent, il sortit du tunnel sans attendre et continua sa course à travers la pénombre. L'envie d'ouvrir la boîte pour en inspecter le contenu afin d'y trouver une aide quelconque le démangeait, mais la peur de réduire la distance qui le séparait des gars en rangers l'emporta. Dans la tête de Terry, c'était le branle-bas de combat. Il lui fallait trouver un plan et une planque au plus vite. Des idées saugrenues fusaient dans sa tête et la peur l'avait envahi. Dès que les deux gars en rangers récupéreront leur connexion, ils découvriront qu'il s'était caché sous le tunnel, à deux pas de leur conversation et seront encore plus motivés à l'idée de le retrouver. Il crut entendre à plusieurs reprises le bruit d'un drone passer au-dessus de sa tête et se sentait observé par des myriades de capteurs. La dose de space-menthe faisait de plus en plus d'effet. Toutes les ombres se transformaient en tireurs embusqués et chaque craquement était la preuve que quelqu'un ou quelque chose était en train de le rattraper. Un drone pouvait à tout moment balancer au-dessus de lui un nuage de micro-robots létaux pour lui grignoter les organes de l'intérieur.

Terry courait pour rejoindre au plus vite la base militaire désaffectée située à quelques kilomètres. Les murs de béton devaient y être suffisamment épais pour pouvoir échapper aux capteurs des drones. Les différents niveaux de cette installation ne lui étaient pas étrangers. Autrefois utilisée en tant que terrain d'exercice pour les premiers drones, cette base l'avait hébergé plusieurs semaines pour le boulot. C'était ainsi qu'il avait découvert cette belle région.

Après avoir franchi la clôture éventrée de la base militaire, Terry s'engouffra dans le premier bâtiment et s'enfonça dans les passages souterrains. De là, il pouvait rejoindre les différents blocs de la structure sans être repéré par les drones. Si sa mémoire ne lui jouait pas des tours, le bâtiment qu'il avait en tête serait accessible via le deuxième escalier sur sa droite. Il bénéficierait d'une légère avance et ses poursuivants ne pourraient savoir dans quel recoin le chercher. Essoufflé après avoir monté les marches quatre par quatre au début puis à quatre pattes à la fin, il parvint aux étages supérieurs du bâtiment et entra dans une sorte de labyrinthe composé de couloirs étroits. En son centre, un poste d'observation avait été construit pour suivre les progrès des nouveaux modèles de drones. Il y arriva sans se perdre et se glissa à l'intérieur en fermant derrière lui la lourde porte vitrée. Il pourrait voir le danger arriver sans être vu. La nuit allait être longue, pensa-t-il en écarquillant les yeux pour mieux les garder ouverts.

Le reste du plan était simple : se cacher ainsi le plus longtemps possible à scruter le silence et sursauter à chaque petit bruit, puis trouver quoi faire le moment venu. Il était terrorisé à l'idée de s'endormir et de se réveiller menotté. Fermer les yeux, c'était abandonner et accepter de mourir injustement. Se faire le plus discret possible était la seule chose sensée à faire. Des questions absurdes et sans réponse défilaient dans sa tête comme une berceuse. Pourquoi était-il encore en vie ? Pourquoi le drone l'avait-il raté ? Comment pouvait-on débuter une soirée avec un BBQ sur un transat au soleil et finir la nuit planqué dans un bunker ? Est-ce que tout cela n'était finalement que le fruit de son imagination ?

Terry reprit une seconde feuille de space-menthe à défaut d'un café après avoir failli s'endormir.

Il se retrouva en un instant, tel qu'il aurait aimé être, pour l'éternité.

Le temps s'était arrêté en lui. L'infiniment grand était à sa portée, tout comme l'infiniment petit. Le miracle de la vie vibrait en lui. Des vagues de bien-être tournaient en lui et le lavaient de toutes ses impuretés. Tout était beau, simple et parfait. Des milliers d'idées fusaient dans sa tête de toutes parts sans aboutir à quoi que ce soit.

Après une seconde minute de silence en hommage à cette heure de gloire intérieure, il reprit une partie de ses esprits et chercha du bout des doigts la boîte qu'il avait récupérée sous le pont. Elle contenait une lampe torche miniature et sept dossiers portant chacun le nom d'une personne. Le plus épais portait un nom familier : Anta

Bonassoli. Sur des dizaines de pages s'étalait une sorte de CV qui prenait des airs de casier judiciaire et ne laissait planer aucun doute quant à sa responsabilité dans les attaques de drones contre des civils débranchés. Ainsi, leurs chemins se croisaient à nouveau, obligeant Terry à fuir une fois de plus. Comment avait-elle pu réussir avec un nom de famille aussi ridicule et lourd à porter, du moins pour les quelques personnes qui se rappellent encore du scandale des avions renifleurs, se demanda-t-il. L'humanité avait toujours laissé sa chance, surtout au pire. Les six autres dossiers n'étaient pas moins horrifiants. Les criminels de guerre n'avaient rien à envier à cette bande de superpuissants, à part l'anonymat. D'après l'agenda d'Anta et de ses acolytes, la petite bande se réunissait chaque semaine par visioconférence et un créneau avait été entouré de rouge : mardi à onze heures, Anta était censée se rendre à l'amphithéâtre de la tour Kronos pour célébrer un événement public.

Il avalait machinalement la dernière bouchée de sa feuille de space-menthe lorsqu'une lumière aveuglante, surgie de nulle part, fut braquée sur ses yeux. Elle flottait en l'air et se rapprochait en silence. Terry avait la tête posée contre la vitre et n'osait pas bouger. Tout signal acoustique de plus de vingt décibels déclencherait une pluie de balles et pulvériserait son refuge. Le drone se rapprocha de la vitre sans tain et s'arrêta tout contre la surface verticale. Entre eux deux, quelques centimètres d'air, de métal, de verre séparaient les capteurs du drone de la sueur qui coulait le long du visage de Terry, plus pâle que jamais. Il n'aurait peut-être pas dû reprendre une dose. Il grelottait tout en souffrant d'hyperthermie et de palpitations. Un début de nausée s'empara de lui. Le drone restait immobile devant lui. Le technicien et sa machine se retrouvaient figés dans un face-à-face où la seule victoire possible pour l'humain était de ne pas perdre la vie. Terry savait exactement comment le drone fonctionnait. Il avait écrit lui-même les lignes de code de la routine d'inspection des zones à risque. Le drone devait rester douze secondes à l'arrêt afin d'optimiser ses facultés de détection de signaux sonores. C'était pendant ces quelques secondes que tout se jouait entre eux deux. Terry ne bougeait pas d'un poil et sans s'en rendre compte, avait cessé de respirer. Il était plongé dans un mélange d'admiration et d'effroi tel un nageur passionné de prédateurs marins qui se retrouvait pour la première fois face à un grand requin blanc. Les paroles du soldat résonnaient dans la tête de Terry : capable de hacker un drone... en faire des engins terroristes. Exactement douze secondes plus tard, le drone fit marche arrière et disparut dans la pénombre. Le courage de Terry redoubla et ses tremblements se dissipèrent. Il n'était pas un homme que l'on pouvait droner sans en assumer les conséquences. Ces douze secondes avaient changé sa vie.

Tout était devenu limpide. Anta et sa bande avaient voulu le tuer de peur qu'il ne pirate des drones. Il n'avait pas besoin de chercher plus loin quoi faire. Voilà sa nouvelle raison d'être. Les drones n'avaient aucun secret pour lui et il était temps qu'il mette son intelligence au service d'une cause juste. Armé d'un mental d'acier, Terry se résolut à sortir de sa cachette, prêt à passer de cible secondaire à ennemi numéro un.

Après quelques minutes à errer dans le labyrinthe sombre, Terry ne trouvait pas la sortie et prenait peu à peu des airs de minotaure claustrophobe. De plus en plus confus, il n'arrivait même plus à marcher droit. Il longeait avec une angoisse grandissante les murs, ayant perdu toute notion du temps. Combien de fois était-il passé par là ? Chacun de ses pas le faisait revenir à son point de départ dans une fuite stupide qui tournait en rond comme les pensées dans sa tête. Combien de fois avait-il refait les mêmes erreurs ? Depuis combien de temps faisait-il ce cauchemar ?

# 15 HEURES ET 53 MINUTES RESTANTES

Tour Kronos, Paris la Défense

Tim frappa à la porte du bureau d'Anta, l'air abattu. Il était très en retard de quelques minutes terrestres pour son one-two-one, mais ne se pressait pas pour autant. Aujourd'hui, il n'en avait rien à faire. Qui plus est, elle était une des rares personnes à faire ses réunions en dehors d'une Timebox et accordait peu d'importance à la ponctualité. D'ailleurs, elle l'avait fait attendre plus d'une fois.

Amatrice d'œuvres d'art contemporain, Anta était occupée à contempler sa nouvelle acquisition. Un requin blanc figé dans un bloc de glace synthétique dérivait sur un plan d'eau, au milieu de son open-space personnel. Elle accueillit Tim en lui reprochant son look négligé et ne sembla pas du tout émue par ses mésaventures familiales, lorsqu'il lui en fit part.

— La désynchronisation intergénérationnelle n'est pas un fléau, c'est un progrès, lui rétorqua-t-elle. Ton fils est tout à fait dans l'air du temps. Il faut regarder le bon côté des choses. Tu seras peut-être grand-père et même arrière-grand-père bientôt. Et ton fils pourra être invité à la prochaine cérémonie des t-nautes. C'est rempli de vieux gamins qui ont fait encore mieux que lui.

— C'est quoi, cette cérémonie ? demanda Tim

— Tu n'as pas reçu mes messages ? Dans quinze heures, tu es attendu à l'amphi Orwell pour y faire un discours. Tu es l'heureux représentant de DEAS qui m'accompagnera pour remettre un prix au premier enfant à devenir plus vieux que ses parents. Mais il faudra que tu te fasses beau. La terre entière aura ses yeux braqués sur toi !

Tim n'avait aucune envie de féliciter un inconnu pour avoir fait pire que son fils. En plus, il avait une sainte horreur des discours en public. Il préférait se plaindre de son anonymat tout seul dans son coin.

— Il n'est pas question que je fasse ça et que mon fils soit invité à cet événement grotesque. Et puis quoi encore ?! Si on continue comme ça, dans un mois, il faudra que j'aille fêter l'enterrement du premier enfant à mourir de vieillesse du vivant de ses parents ! rétorqua-t-il, sur un ton qu'il n'avait jamais employé avec Anta.

— Non, mais dis donc ! Qu'est-ce que tu peux être réactionnaire quand tu es contrarié ! De toute manière, c'est à lui de décider. Il est majeur après tout. En ce qui te concerne, c'est plutôt simple. Tu n'as pas vraiment le choix. Je te rappelle que c'est dans tes attributions de directeur de département. C'est important pour l'image de l'entreprise d'avoir un honnête père de famille en frontal, et c'est un honneur que je t'accorde.

— Mais…

— Ne me fais pas perdre notre temps, le coupa-t-elle. Si ça ne te va pas, tu n'as qu'à faire comme ton déserteur de frère. Mon assistant verra avec toi pour les autres points à traiter et te rappellera les engagements que tu as pris sur le projet TITAN également. Je n'ai aucune envie de me rendre au steering committee demain matin sans avoir une bonne nouvelle à annoncer à mes stakeholders.

Tim savait d'expérience qu'il n'arriverait pas à négocier quoi que ce soit avec Anta. Comme dans un vieux couple, elle portait la culotte et la cravate. Il avait beau être directeur d'un département de plusieurs centaines de personnes, il avait l'impression que son autonomie était encore plus limitée que lorsqu'il était étudiant.

# 8 HEURES TERRESTRES RESTANTES

Camp militaire de Bibracte, Bourgogne

Rien ne s'était passé comme prévu. Terry s'était une fois de plus trouvé au mauvais moment au mauvais endroit. C'est ce qu'il eut à peine le temps de réaliser lorsqu'il s'effondra à terre sans douleur alors qu'il venait enfin de trouver la sortie du labyrinthe. La dernière chose qu'il avait vue avant de sombrer, la tête contre le sol, c'était des rangers de grande taille se dirigeant vers lui.

Il était encore en vie, c'était la bonne nouvelle. La mauvaise, c'est qu'il était menotté sur une chaise avec une lampe braquée face à lui dans ce qui semblait être une sorte de salle de torture high-tech. La bande de psychopathes qui lui tenaient compagnie voulaient obtenir des aveux immédiats. Terry refusa toute forme de coopération et se mura dans le silence. Ce à quoi ils répondirent eux-mêmes en lui faisant découvrir grandeur nature ce qu'il n'avait alors vu que dans les films. Grâce aux nombreuses feuilles de space-menthe récemment ingurgitées, il put sauver les apparences en se montrant jovial et insensible. Son bourreau dépressif jeta l'éponge, au bord de la crise de nerf. Son collègue prit sa place, vêtu d'une blouse blanche. Lorsqu'il sortit son attirail de seringues et de fioles, Terry

55

fut aux anges. Malgré les doses de cheval que le laborantin lui asséna, son corps de toxico résista et les effets de ces prétendus sérums de vérité furent loin d'être des aveux : le mec en blouse était devenu une sorte de squelette fluo et son assistant avait la tête d'un cochon. Avec des voix de personnages de cartoon, ils lui posaient plein de questions, en lui faisant une manucure. Comment allait-il faire pour jouer de la guitare ou se curer le nez, s'indigna-t-il. Terry protesta lorsque la séance de shoot s'interrompit. S'ensuivit une période de black-out d'une durée inconnue.

Lorsqu'il se réveilla dans le noir le plus complet, il comprit que la suite allait être moins drôle. Sa cellule était sûrement sous Timebox, il n'y avait rien, aucun bruit, aucune odeur à part celle d'une gamelle remplie d'une substance fade. Les effets des drogues s'étaient complètement évaporés. Une douleur intense à la main droite était sa seule distraction, avec une désagréable sensation de manque qui grandissait en lui, comme de la mauvaise herbe. Il aurait tout donné pour reprendre une vie normale. Au moins, quelques cachets. Pendant les premiers jours, il avait réussi à se persuader de son extraordinaire faculté de résistance à l'ennui et l'inactivité en se répétant que tout était encore possible, même être heureux en ne faisant rien, rien du tout à part être heureux et oublier cette douleur. Au bout d'un long moment, correspondant à une dizaine de repas, la privation sensorielle et l'absence de repères temporels se firent sentir. À part la nourriture, seules les douches automatiques rythmaient ses semaines. De l'eau sentant le produit WC était pulvérisée depuis le plafond et lavaient sa cellule en même temps que son corps. L'eau souillée s'écoulait par le petit trou par lequel il faisait ses besoins. Ses seules distractions étaient de chanter tout en tapant des pieds contre le sol et de humer son odeur corporelle, comme on respire l'air frais du matin. Il reprit un peu espoir en se rendant compte qu'après de longues heures d'exercice physique, son cerveau sécrétait des endorphines, qui lui rendaient l'attente plus supportable. Le problème, c'est qu'il fallait recommencer régulièrement et de plus en plus longtemps. Pour tuer le temps et ne pas devenir fou, il s'était mis à répéter des comptes à rebours en espérant qu'à zéro, la porte s'ouvrirait. Le temps était devenu un ennemi redoutable et intime. Des questions sans réponses peuplaient cette longue nuit d'existence.

Peut-être l'avaient-ils oublié ? Peut-être le laisseraient-ils mourir de vieillesse ici ? Peut-être arrêtera-t-il un jour ses comptes à rebours, ses séances de musculation et de yoga ? Peut-être arrivera-t-il un jour à arrêter de penser ou de vivre ?

Les centaines de repas sans saveur distribués par l'imprimante 3D de sa cellule l'avaient détruit de l'intérieur. L'espoir de sortir un jour semblait de plus en plus illusoire. Il avait tenté une grève de la faim, mais le temps était encore plus long le ventre creux. La seule chose qui le raccrochait à une forme de lucidité, c'était la haine qui poussait en lui comme un bonsaï géant. Il devait se tenir prêt pour le grand jour où la porte s'ouvrirait. Ce qui le rendait fou de rage, c'est qu'il était probablement comptabilisé comme un simple suspect en garde à vue. Comme la loi antiterroriste n'avait pas été modifiée malgré l'usage des Timebox, une incarcération de cent vingt heures terrestres pouvait techniquement se muer en peine de prison à perpétuité.

# 7 HEURES TERRESTRES RESTANTES

Tour Kronos, Paris la Défense

Comme chaque mardi, Anta se réveilla tôt et avec un violent mal de tête. Avant toute chose, elle consulta la page de ses KPIs pro en espérant y trouver moins de rouge que la veille pour voir la vie un peu plus en rose. Au contraire, la situation avait empiré pendant la nuit. À sa demande, son e-assistant, Moloch, calcula la probabilité que le steering committee d'aujourd'hui soit décalé ou annulé. Malheureusement, il n'y avait aucun signe annonciateur d'une bonne nouvelle de ce genre. Elle allait devoir se farcir une bande d'ultrariches qui s'ingéraient dans ses affaires. Ils se croyaient au-dessus de tout, et surtout au-dessus d'elle. Sa journée s'annonçait particulièrement mauvaise. La météo était maussade sur presque toutes les divisions de DEAS. Même le générateur automatique de bonnes nouvelles factuelles restait muet. Seule la branche drones s'en tirait bien avec un score record d'arrestations définitives préventives, mais elle avait déjà utilisé cette cartouche la semaine dernière. Ils s'étaient permis de lui rappeler ses priorités ou plutôt sa priorité numéro un : le projet TITAN.

Pourtant d'autres sujets sensibles s'étaient accumulés et

la dissimulation des effets négatifs des Timebox sur la santé et l'environnement devenait un art de plus en plus délicat. Elle redoutait le jour où ces vieux enfants gâtés lui diraient que la priorité, c'était de régler tous les problèmes et tout de suite. Heureusement, ils avaient peur de la mort et elle avait su les garder obnubilés par ce projet pour mieux dissimuler les autres problèmes. Sa stratégie pouvait se retourner contre elle si Tim ne délivrait pas ce qu'elle leur avait promis. « Your cock on the block ! » lui avait sorti l'Anglais en bouffant son bacon, lors de la précédente réunion. Ils attendaient fébrilement leur Timebox inversée. En quelques secondes dans une sorte d'anti-Timebox, ils espéraient pouvoir passer plusieurs semaines terrestres et faire ainsi des petits sauts dans le futur à la conquête d'une vie prolongée sans les désagréments de l'hibernation artificielle.

Chacun d'eux pesait plusieurs fois le PIB de bon nombre de pays et possédait des pans entiers d'industrie. Ils récoltaient l'argent des leaders, des challengers et de toute autre forme de concurrence. Leur liberté de s'enrichir ne s'arrêtait pas là où commençait celle des autres, elle commençait là où s'arrêtait celle des autres. Tout pour eux, rien pour les autres. La concentration des richesses n'avait que du bon de leur point de vue. Leur capital avait atteint des sommets inespérés grâce aux Timebox et à l'augmentation vertigineuse du rendement productif et financier. Eux n'utilisaient que très rarement les Timebox. Par contre, leurs employés travaillaient bien plus que vingt-quatre heures chaque jour. Ils s'étaient approprié le dicton populaire qui dit que le temps, c'est de l'argent. À eux six, ils possédaient plus de quatre-vingt-dix-neuf pour cent des richesses de la planète et semblaient ne pas vouloir mourir avant d'avoir atteint la barre symbolique des six sigma à 99,9997 %.

Depuis que le plus jeune d'entre eux avait appris qu'il était atteint d'une maladie génétique incurable grâce à l'intervention d'Anta dans le système informatique d'une clinique, le projet TITAN était devenu leur seule préoccupation. S'ils pouvaient vivre plus longtemps, plus lentement et qu'à chaque battement de cœur le monde recommence une journée de travail, ils pourraient faire fructifier leur patrimoine à une plus grande vitesse et surtout bénéficier des progrès de la science et de la médecine du futur. Ils comptaient bien étendre leur empire sur des siècles et des centaines de générations de travailleurs dans lesquels Anta figurait contre son gré. Malgré son salaire à huit chiffres, elle mourait d'envie de croquer dans l'énorme gâteau qui grossissait à vue d'œil et sur lequel ils étaient confortablement assis, sans vouloir lui laisser autre chose que des miettes. Ces steering committee lui rappelaient ses mauvais souvenirs de cour de récréation. Les autres élèves avaient tous les jours un goûter différent alors qu'elle n'avait jamais rien. Elle les entendait encore chantonner la bouche pleine « tout pour moi, tout pour moi, rien pour toi». Elle s'était juré qu'ils reviendraient un jour tous manger dans sa main, et qu'elle leur ferait payer cher.

Il restait trois heures à Anta avant de devoir se rendre dans la seule salle de la tour avec une visio hors Timebox. Même en déléguant, produire tout le reporting exigé demandait un temps fou surtout depuis qu'elle avait commencé à arranger les chiffres. Mais pas question d'utiliser une Timebox et de se bousiller la santé pour quelques slides. De toute manière, à chaque réunion, des sujets surprises issus de quiproquos ou d'erreurs d'interprétation cannibalisaient l'ordre du jour, et elle se retrouvait avec un volume croissant d'actions sur les bras.

Aujourd'hui, sa stratégie était de ne traiter qu'un seul sujet. Elle leur présenterait l'analyse des causes racines des problèmes de délais d'innovation sur TITAN qu'elle venait de demander à Tim pour dans trente secondes terrestres. Naïvement, un vote allait être organisé afin d'obtenir leur GO relatif à la mise en place du Plan d'Amélioration de la Performance de l'Innovation alias PAPI. Anta aurait préféré pouvoir leur annoncer de bonnes nouvelles. En même temps, elle était ravie de ne pas leur donner ce qu'ils désiraient tant. Sans TITAN et anti-Timebox, ils allaient tous y passer d'ici quelques années. Elle était encore de loin la plus jeune, et comptait bien le rester en n'utilisant les Timebox qu'en cas d'absolue nécessité. Ils voulaient vivre leurs derniers instants comme une éternité, lui survivre, alors qu'elle voulait un gros gâteau d'anniversaire pour leur enterrement.

La réunion démarra à neuf heures précises et dura plus d'une heure terrestre, plus long qu'un aller-retour à Pékin en t-train. Quelques courageuses voix s'étaient élevées pour manifester un mécontentement face à ce gaspillage ostentatoire de précieuses secondes terrestres. Ils avaient même osé dire à Anta que les référentiels temporels entre les différents niveaux hiérarchiques, du terrain au top management, devraient être alignés. Elle avait balayé leurs revendications en leur disant qu'ils n'avaient qu'à faire grève dans une Timebox et s'était servie de cette histoire en début de séance pour détendre l'atmosphère  pendant quelques secondes.

La suite du meeting ne s'était pas bien passée. Lorsqu'elle ressortit en claquant la porte de la salle de réunion, le drone gardant l'entrée put détecter que derrière son sourire crispé, l'indice d'agressivité d'Anta était à son plus haut score historique. « Des menaces, toujours des menaces, je suis terrifiée ! », avait-elle proclamé sur un ton ironique qui n'avait pas échappé au nouveau module de reconnaissance vocale du drone.

Anta se fit violence pour reprendre un sourire un peu plus naturel au bout de quelques mètres : nul n'avait besoin de savoir qu'elle était au bord de la crise de nerfs parce qu'on l'avait menacée de lui retirer son bonus t-annuel si le projet n'était pas livré à la prochaine réunion. N'ayant pas supporté ce rapport de forces, le débat s'était envenimé. Elle en était venue à échanger des insultes avec certains membres du directoire et des menaces plus physiques que contractuelles et financières avaient fusé entre elle et les autres personnalités propices à la véhémence.

# 1 HEURE, 56 MINUTES ET 31 SECONDES TERRESTRES RESTANTES

Tour Kronos, Paris la Défense

Ces dernières heures terrestres, Tim avait battu des records d'utilisation des Timebox : plusieurs bulletins de salaire reçus en quelques minutes terrestres. À ce rythme, il allait suivre les pas de son fils et vieillir de plus de dix ans en quelques heures. Le projet TITAN mobilisait tout son être, comme si la vie d'un proche en dépendait. Ce projet était un véritable cauchemar depuis le démarrage.

Tim rédigeait avec dépit la centième version du reporting hebdomadaire dans lequel il indiquait que ses équipes passaient désormais plus de temps à communiquer sur leur avancement et justifier leurs décisions qu'à travailler sur le terrain. Le renforcement des processus de contrôle avait généré d'innombrables situations absurdes que la petite politique de bureau où chacun protégeait ses arrières ne parvenait qu'à empirer. Régulièrement face à des impasses, tout recommencer était devenu une habitude puis une fatalité. Le nombre de jours-hommes initialement prévus représentait un dixième des ressources consommées. Chaque seconde terrestre, il y avait une bonne nouvelle suivie de deux mauvaises. Imprévus et aléas s'enchaînaient sans laisser un instant de répit aux quelques milliers de personnes rattachées à Tim qui formaient cette sorte de montagne russe humaine en pleine chute libre. Anta avait vendu le projet sans consulter quiconque et le challenge qu'elle leur avait fixé était immense. Concevoir une machine à voyager dans le futur n'était pas un rêve nouveau et elle en voulait une sans attendre. Pour ne rien arranger, Tim avait des doutes quant à l'intérêt de ce qu'il était censé concevoir. Dans un monde où on n'avait plus le temps de faire un footing dehors, quelle serait l'utilité d'une sorte de Timebox inversée, d'une anti-Timebox, qui projetterait ses occupants des heures voire des années terrestres plus tard en quelques secondes de vie ? Bien sûr, cela pourrait servir à remplacer les frigos, à équiper des salles d'attente. La combinaison de Timebox et d'anti-Timebox ouvrait également quelques perspectives nouvelles, mais il ne voyait pas pourquoi leur accorder une telle urgence et un tel investissement.

Après une dernière relecture de son rapport, il appuya sur le bouton d'envoi en plissant des yeux comme pour se protéger d'une claque. Le message avait été tellement lissé que leur nouvel échec y apparaissait comme un signe de bon augure. Tim s'accorda quelques instants de répit à songer à ce qu'était devenue sa vie en méditant sur les paroles de René. Il s'étonnait de vivre comme avant l'arrivée des Timebox, toujours autant pressé par le temps, même plus. À l'époque où il travaillait seul pour mettre au point la première Timebox, il pensait offrir à l'humanité le luxe de ne plus jamais courir après ce temps qui passait trop vite. Très rapidement, le rythme avait rattrapé la musique, les délais s'étaient raccourcis à l'extrême. Chaque seconde terrestre valait à présent une petite fortune temporelle et le temps manquait pour tout. Comme l'automobile, comme les mails, comme les lames des rasoirs perfectionnées ou le shampoing antipelliculaire. Au début, ça fonctionne puis les problèmes ressurgissent et souvent en pire. La barbe qui pousse plus vite, les pellicules qui reviennent en plus grand nombre. Au final, plus on en utilise, plus les problèmes s'amplifient, comme pour les Timebox. On croit se faciliter la vie avec un nouvel outil, mais les problèmes créés par celui-ci sont pires que le problème initial. La technique avait rendu le monde tellement complexe que Tim se demandait parfois si son frère Terry n'avait pas eu raison de tout quitter. Peut-être devrait-il tout plaquer lui aussi et emmener sa famille loin de ce monde de relation à distance forcée ? Se trouver une passion et penser au bonheur de quelques personnes proches. Mais la peur de changer de vie, de tout recommencer et de perdre son statut l'en empêchaient. Qu'allait-il devenir si Anta le mettait à la porte à cause de son incapacité à livrer TITAN ?

Moloch fit une fois de plus irruption sur les écrans de la t-box, sortant Tim de sa torpeur. Il avait particulièrement été casse-pieds ces derniers temps comme le lui fit remarquer Tim en choisissant une métaphore plus haut placée. Heureusement, un humain était libre d'insulter un e-assistant à souhait sans conséquence. Tim l'avait bien compris et se préparait à répondre aux questions de Moloch avec une batterie d'insultes. Mais cette fois, Moloch n'était pas venu lui parler de TITAN.

– Tim, c'est le moment de vous préparer pour la cérémonie, dit l'assistant.

– Quelle cérémonie ? s'exclama Tim en se rappelant qu'il avait prononcé les mêmes mots quelques semaines auparavant à Anta. N'avais-je pas dit que je ne voulais pas y participer ? J'ai beaucoup trop de travail, je ne peux pas respecter mes engagements sur le projet et faire le beau dans un amphi.

– C'est dommage, votre fils sera déçu de ne pas vous voir.

– Il est déjà ici ?

– Oui, Anta vous avait prévenu, me semble-t-il.

— Quel trou du cul ! Oh pardon, j'oubliais, tu n'en as même pas ! s'écria Tim faute de trouver mieux. Son visage se teinta d'un rouge aussi écarlate que le statut de son projet.

— Vous allez recevoir un costume qu'il vous faudra revêtir pour l'occasion. J'ai pris la liberté de vous glisser dans la poche intérieure gauche une fiche avec une suggestion de discours qui devrait vous convenir, conclut Moloch avant de disparaître comme il était arrivé.

— Tu sais où tu peux te la foutre, ta fiche ?!

Le t-pneu à côté de Tim émit un signal sonore signalant la livraison d'un colis.

Le costume lui rentrait un peu dans les fesses. Tim se demanda un instant s'il ne s'agissait pas d'une vengeance subtile de Moloch. Mais de tels progrès dans le domaine de l'intelligence artificielle auraient été surprenants. Tim sortit de sa Timebox à reculons. Pendant un peu plus de quinze secondes terrestres, il se laissa porter par le tapis roulant qui fonctionnait malheureusement bien aujourd'hui et suivit les autres invités vers l'amphithéâtre dans une sorte de course rapide sans passion. Des drones surveillaient l'entrée et appliquèrent une procédure de contrôle renforcée à son égard. Sa mauvaise humeur était flagrante. Il n'avait qu'à tendre le majeur en direction d'une de leurs caméras et l'accès lui aurait été interdit. Il se ravisa lorsqu'il aperçut Eilan lui faisant signe de l'intérieur. Dans quelques secondes terrestres, les portes de l'amphithéâtre allaient se fermer, que ce soit devant ou derrière lui.

# 1 HEURE ET 56 MINUTES TERRESTRES RESTANTES

## Camp militaire de Bibracte, Bourgogne

Terry avait entrepris un compte à rebours en partant de cinquante mille et n'était pas arrivé à la moitié du décompte lorsqu'il y eut un craquement sourd provenant de la porte de sa t-cellule. Une lumière plus vive que le soleil apparut. Il tomba à la renverse mais se força à garder les yeux partiellement ouverts. Pas question de laisser passer la moindre opportunité. Son isolement devait s'arrêter maintenant. Jamais il ne retournerait dans une cellule. Il vendrait père et mère quand bien même ils étaient morts, avouerait tout ce qu'ils voudraient bien entendre, baiserait les pieds d'Anta s'il le fallait. Mais pour commencer, le plus simple était de se jeter sur un garde pour être abattu, pour en finir pour de bon. C'était une occasion rêvée, lui qui avait toujours souhaité mourir accidentellement plutôt que de vieillesse ou de maladie. Les milliers de pompes et d'heures de musculation allaient enfin servir. Il fit mine de ne pouvoir bouger pour que le garde s'approche un peu plus. Dès que celui-ci dépassa le seuil de la porte, il fonça sur lui de toutes ses forces et planta dans le visage du garde ses ongles qui avaient complètement repoussé. Son opposant s'écroula à terre et Terry se précipita dehors. Ses jambes fonctionnaient plutôt bien grâce à ses séances de sport, même s'il n'avait plus trop l'habitude de courir en ligne droite. Par contre il ne voyait quasiment pas où ses pas le menaient. Il se prit de plein fouet un mur, pour une fois non capitonné et continua sa course, légèrement abruti. Les formes approximatives d'un escalier menant à un étage inférieur se dessinèrent. Une alarme stridente éclata dans ses tympans habitués au silence absolu. Des rafales de balles fusèrent tout autour de lui. Il espérait seulement qu'une d'entre elles l'atteigne en plein cœur avant que les silhouettes sombres qui lui couraient derrière ne le rattrapent. En bas de l'escalier, il renversa tel un rugbyman professionnel deux personnes d'un coup d'épaule et effectua quelques zigzags pour tenter de distancier ses poursuivants dont il entendait le souffle et les pas se rapprocher entre deux coups de sirènes. Une porte de Timebox sembla ouverte devant lui avec un officier posté sur le seuil. Terry s'y engouffra en projetant à l'intérieur d'un coup de poing en pleine face une personne de petite corpulence.

Les portes se refermèrent automatiquement et un bruit sourd se fit entendre derrière lui. Les yeux de Terry s'étaient suffisamment habitués à la lumière pour qu'il puisse distinguer en se retournant le corps d'un grand Noir collé à la porte vitrée de la Timebox. Son visage, déformé par la violence du choc, était figé dans une expression grotesque. Terry avait eu chaud. En regardant de plus près, l'homme qu'il venait de taper était une femme, ou plus exactement un officier de sexe féminin. Entre le gars scotché à la vitre et la femme battue, il fut pris d'une crise de rire et réalisa que cela devait faire des mois qu'il n'avait ni ri ni souri. Ça lui tirait derrière les oreilles.

Reprenant ses esprits, il regarda autour de lui et constata qu'il aurait pu tomber plus mal. Sa Timebox était un bureau d'officier et regorgeait d'équipements dernier cri. La seule menace visible derrière la vitre était un militaire dont l'index était situé à une dizaine de centimètres de l'écran tactile accroché à son poignet. En un ou deux clics, il signalerait à ses collègues la position de Terry et sa Timebox serait immédiatement désactivée. D'après l'écran système à l'entrée de la Timebox, le taux de compression temporel était de un pour deux millions : cela signifiait qu'il avait plus de vingt jours devant lui s'ils mettaient deux secondes à signaler son positionnement. Il devait vérifier si sa position avait été repérée par des t-caméras de surveillance et rêvait d'un bon plat, mais ne put rien faire d'autre que de s'allonger par terre après avoir ligoté son hôte, toujours inconsciente, sur une chaise et récupéré son arme de poing. Tout ce stress, ces images et ce bruit l'avaient épuisé. Il n'arriva à s'endormir qu'après avoir éteint toutes les lumières et s'être enfoncé des bouchons d'oreilles de fortune.

Quelques heures de sommeil plus tard, il se réveilla en sursaut après un cauchemar où le visage déformé collé contre la vitre s'était mis à le menacer avec la voix d'Anta. Après un café savoureux, il était d'attaque pour une belle journée de quasi-liberté sous caféine. Il alluma la lumière avant de se résoudre à demander à son hôte ligoté s'il pouvait emprunter ses lunettes de soleil. Il lui sembla distinguer un oui au milieu de gémissements. Pour briser la glace, il lui fit savoir qu'il avait enduré des mois d'enfermement dans le noir, tout seul et que rester quelques journées en sa compagnie devrait être une formalité pour une femme de son rang.

Dans cet espace d'une dizaine de mètres carrés se trouvait une t-imprimante 3D multifonction permettant de fabriquer quasiment tout à part un organisme vivant. Terry n'en avait jamais vu d'aussi sophistiquée et était ébloui par les progrès réalisés en quelques mois. Les éléments récemment imprimés étaient listés dans le menu historique : des pièces de rechange pour drone, un soutien-gorge en dentelle noire taille 90 C et un donut aux myrtilles. Sans hésiter une seconde, Terry appuya immédiatement sur la dernière entrée et vit apparaître un beignet à l'allure délicieusement grasse et sucrée derrière la vitre de l'imprimante. Il s'en empara et en dévora la moitié, d'une seule bouchée. Le souvenir de la bouillie inodore qu'il s'était farcie jusqu'à présent lui fit couler quelques larmes, ce qui donna un goût salé mais pas désagréable. Boosté par cet apport colossal en glucide, il continua la suite de son inventaire le cœur léger, sifflotant en accéléré le troisième mouvement de la marche funèbre de Chopin à la recherche de ce qui pourrait faire office de chaîne hi-fi. Quand il passa sa main sur la table, des écrans s'allumèrent tout autour de lui et une annonce d'accueil lui souhaita la bienvenue avec une petite musique d'ambiance niaise et parfaite pour la foutre en l'air. Il coupa le son, le temps de configurer une autre ambiance musicale. Le fond d'écran de la page d'identification était à couper le souffle : une grande prairie vallonnée aux reflets verdoyants et balayée par une brise légère s'étalait à perte de vue. Privé d'horizon pendant des mois, son regard put enfin se reposer et profiter d'une belle vue sans accommoder. Les images et hologrammes avaient l'air plus vrais que nature. L'herbe pouvait être caressée et lorsqu'il en arracha un brin, il eut l'impression de la sentir craquer entre ses doigts. Une pierre attira son attention. Il la ramassa et la lança de toutes ses forces. Le projectile décrivit une belle trajectoire avant de retomber dans le champ une vingtaine de mètres plus loin. Un couple de faisans s'envola lourdement. Si cette technologie avait été mise au point avant son départ dans le Morvan, peut-être serait-il resté vivre reclus dans une Timebox. Il n'était même plus nécessaire de se débrancher pour avoir l'impression de vivre dans un havre de paix naturel.

Pour voir ce qui se cachait derrière cet écran de veille, il fut forcé de demander la contribution de son hôte silencieuse et après quelques réticences, il parvint à positionner l'index sur la zone d'identification. Cela fonctionna comme un charme. Un nom écrit en rose bonbon apparut au milieu d'un nouvel environnement parsemé de petits chiots, de chatons sautillants et d'autant de raccourcis vers diverses applications. Les présentations furent ainsi faites : elle s'appelait Maya.

– Enchanté, moi c'est Terry, lui fit-il savoir.

Les nouveaux jeux de Shoot'em up et la collection de vidéos immersives lui permirent de faire le plein de sensations après tant de privations. Une fois rassasié, Terry se décida à passer à l'action et lança le terminal de commande. Un clavier lumineux apparut face à lui. Ses ongles longs appuyaient sur plusieurs touches à la fois. Pour coder proprement, il faut l'être soi-même, se rappela-t-il. Après avoir fait le nécessaire, il entreprit de nourrir son corps et son esprit. En complément d'un assortiment de donuts, il n'eut aucun mal à se convaincre qu'un remontant ne lui ferait pas de mal dans sa situation, surtout après une telle période d'abstinence. Une sorte de boîte aux lettres à l'entrée de la pièce semblait servir de t-pneumatique et permettait d'envoyer ou de recevoir des objets de taille raisonnable. Après avoir fait chou blanc question produits stupéfiants dans le réseau d'échange peer-to-peer, il parcourut le catalogue de l'armée sans trop y croire. Il y avait toutes sortes de fournitures dont des munitions, des armes, des vêtements et de la nourriture. À sa grande joie, il tomba sur une liste de pilules dont les noms évoquaient un assortiment de tisane. Grâce au login de Maya, il en commanda de toutes sortes jusqu'à atteindre le quota autorisé. À quelques milliers de kilomètres de sa cabine, un robot dans un hangar sous Timebox prépara sa commande et l'expédia en une poignée de microsecondes via un réseau de tubes eux-mêmes sous Timebox. Une vingtaine de sachets apparurent dans la boîte. Terry se sentit revivre dès l'absorption de la première pilule de "Focus et Joie de vivre", à base de dextroamphétamine. Après avoir donné une gélule "Nuit profonde" à Maya, il se mit au travail devant son écran et clavier. Ses souvenirs de développement informatique refirent surface et l'obtention des accès aux différents outils l'occupa pendant de longues heures. Heureusement pour lui, malgré les progrès de l'informatique en termes de sécurité, les administrateurs étaient restés fidèles à eux-mêmes : les logins et mots de passe avaient été relativement faciles à deviner.

Trois pilules plus tard, il émergea des labyrinthes numériques de l'interface de contrôle des Timebox. Malgré les différentes couches de proxy qu'il utilisait afin de masquer les traces de son passage, il dut se résigner à abandonner l'idée de pouvoir empêcher les autres administrateurs de forcer l'ouverture de sa Timebox à distance. Se faire le plus discret possible et rester en dehors du radar des forces ennemies était primordial s'il voulait disposer d'assez de temps pour préparer sa sortie. Le risque d'éveiller des soupçons en modifiant un système qu'il ne connaissait pas était trop grand. Heureusement, les systèmes de gestion de drones lui étaient bien plus familiers. En prendre le contrôle n'allait pas être un problème. Retrouvant rapidement ses repères, il parvint à visionner les images spectaculaires de son évasion grâce aux archives vidéo des drones. Par chance, sa Timebox était dans un angle mort. Personne à part ceux qui étaient figés devant sa Timebox ne pouvait savoir où il était passé. Mais tout était une question de temps et il lui restait probablement moins d'une vingtaine de jours dans ce petit paradis avant que la porte ne s'ouvre.

En faisant un tour du côté du système d'information des drones de DEAS, il retrouva Anta qui sortait de la réunion indiquée dans les dossiers de Marc en se déclarant terrifiée sur un ton étrange. Au moment où elle avait prononcé ces mots, Terry était quelque part entre la salle de torture et sa cellule d'isolement. Elle avait l'air très stressée. Elle l'aurait certainement été encore plus si elle avait su que quelqu'un nourrissant des pensées criminelles à son égard s'était échappé et la regardait à présent sur son écran.

Les microsecondes continuaient inlassablement de s'écouler, le rapprochant sans cesse de l'instant fatidique où le temps reprendra son cour. Le gars scotché à la vitre s'écroulerait alors en même temps que le petit paradis de Terry. Un jour d'ennui profond, il mit un de ses morceaux favoris de reggae en prenant plusieurs pilules "Relaxation intense" d'un coup, ce qui lui valut de passer quelques dizaines de minutes à s'enregistrer en train de chanter à tue-tête un remix des dernières paroles mystérieuses d'Anta. Qu'allait-il pouvoir faire ? Prendre en otage Maya et trouver une autre Timebox ? Tirer dans le tas et s'échapper comme dans les films d'action peu crédibles ? Se tirer une balle dans la tête ?

Pour faire un break avant de tenter de répondre à ces questions, le temps était venu de s'occuper de Maya afin de faire preuve d'un peu plus de générosité que ses tortionnaires. Elle ne parut pas très heureuse lorsqu'il lui enleva bandeau et bâillon. Elle le fut encore moins quand il lui proposa de les lui remettre. Malgré ses multiples contusions, son visage était des plus doux. Mais pas question de commettre des imprudences. Sous ses airs angéliques, elle était peut-être experte en arts martiaux et il était évident qu'elle déclencherait l'ouverture de la porte à la première occasion. Maintenir en captivité des êtres humains était finalement un vrai métier. Il ne savait pas comment faire pour ne pas prendre de risques tout en lui accordant le minimum vital. Il la mit tout habillée sous la douche et l'aspergea de savon liquide. Une dizaine de minutes plus tard, elle était toute mouillée et sous son t-shirt blanc, Terry put distinguer les contours d'un soutien-gorge noir.

– Maya, qu'est-ce que je peux faire pour toi, à part te libérer ? lui demanda-t-il avec une certaine timidité.

Elle se racla la gorge après avoir essayé d'articuler des mots sans succès.

– À manger, s'il vous plaît, répondit-elle d'une petite voix.

À part une pilule et de l'eau, il ne lui avait rien donné depuis vingt-quatre heures. Il lui fit avaler morceau par morceau un beignet accompagné d'une boisson énergisante en profitant de cet instant privilégié pour se confier à elle :

— Tu dois penser que je suis un criminel, une brute sanguinaire… Sache que je n'avais jamais porté la main sur quiconque avant de te rencontrer. Je suis désolé pour les coups que tu as reçus, ce sont tes amis en rangers et blouse blanche qui m'ont forcé à devenir violent. J'étais quelqu'un avec une vie tranquille à la campagne. Et d'un coup, on m'a tiré dessus puis jeté au cachot pendant des mois. C'était très dur de tout perdre ainsi, même l'envie de vivre.

Elle finissait la dernière bouchée en silence. En guise de dessert, il lui fit avaler un autre somnifère avec une gorgée de boisson énergisante. Elle leva des yeux langoureux sur lui et le supplia :

— S'il vous plaît, laissez-moi aller aux toilettes et me changer. Vous pourriez me laisser une main libre. Je me débrouillerais toute seule. Après vous pourriez m'attacher comme bon vous sem…

Elle ne termina pas sa phrase et sa tête retomba endormie.

— Tu vois, ça pouvait encore attendre un peu ! conclut Terry en retournant devant son écran.

Un son résonna dans la Timebox. Terry sentit monter en lui une vague de peur en imaginant que la porte allait s'ouvrir. C'était simplement l'heure terrestre qui sonnait. Il était précisément 11:00:00 dehors. Vu de l'intérieur de sa Timebox, le temps défilait au rythme de deux microsecondes terrestres par seconde : 11:00:00 000 001, 11:00:00 000 002, 11:00:00 000 003. C'est à ce moment que Terry reprit ses esprits et se rappela qu'il était en retard pour son rendez-vous avec l'Histoire. Cette seconde terrestre n'était pas une seconde comme les autres. C'était l'heure de début d'un événement auquel il comptait participer. Et il n'allait pas se contenter d'écouter les belles paroles d'Anta.

# 1 HEURE, 55 MINUTES ET 31 SECONDES TERRESTRES RESTANTES

## Tour Kronos, Paris la Défense

Les portes de l'amphithéâtre s'étaient refermées derrière Tim et son pantalon serré. Il parcourait avec peine les quelques dizaines de mètres qui le séparait de la place libre à côté de son vieux fils.

L'heure terrestre était projetée sur le plafond. Eilan n'avait pas rasé sa longue barbe et contemplait la tête en l'air ces grands chiffres lumineux qui palpitaient comme un battement de cœur. Toutes les secondes, une microseconde terrestre s'écoulait.

Tim dut s'y prendre à plusieurs reprises avant de parvenir à s'asseoir en grommelant après avoir déboutonné en partie son pantalon.

– Salut, Papa, chuchota Eilan. Tu es sûr que ça va ?

Tim dévisageait son fils, muet. Il ne le reconnaissait toujours pas. Eilan n'attendit pas que son père lui réponde et continua à lui parler.

– Il parait que je vais recevoir un prix pour avoir été un des meilleurs utilisateurs de la nouvelle version de Timebox en semaine vingt-trois. Mais à vrai dire, je m'en fous complètement. J'ai décidé de venir ici lorsque j'ai appris que tu allais faire un discours devant les télés du monde entier. Pas question de manquer ça !

– Tu aurais pu t'abstenir de venir à cet événement stupide ! Regarde le discours qu'ils m'ont pondu. Un vrai ramassis de niaiseries. Je cite : « Avant, l'humain n'avait qu'une montre pour faire face au temps qui s'écoule. Et personne n'avait jamais le temps de s'épanouir à sa juste valeur. Aujourd'hui, tout cela fait partie du passé, grâce aux Timebox. Ce ne sont pas les scientifiques qui l'ont inventée, ce sont bel et bien les Timebox qui inventent chaque jour une humanité meilleure et libérée du temps, le dernier rempart qu'il nous fallait franchir pour que le potentiel de chacun d'entre nous puisse s'exprimer librement pleinement. »

– En effet… Tu n'as qu'à leur dire simplement ce que tu as sur le cœur et parler vrai. Toutes les vérités sont bonnes à dire. Ton fils s'est fait la malle pendant dix ans d'affilée sans que tu puisses t'en rendre compte et je souffre peut-être comme les autres lauréats des effets secondaires des Timebox. Tu ne vois plus maman non plus, car elle ne veut pas quitter son travail à horaire terrestre. Tu pourrais aussi ajouter que la Timebox a renforcé les inégalités sociales et permis à une poignée d'ultrariches de s'en mettre plein les poches. Tu sais, j'ai eu le temps de regarder pas mal de reportages et d'enquêtes sur ce sujet. C'est édifiant !

– Et je pourrais ajouter que mon fils est devenu tellement vieux qu'il me parle comme si j'étais son petit-fils et qu'il va bientôt m'aider à faire mes devoirs ! Tu as sûrement raison sur le principe, mais te rends-tu compte des répercussions ? Ce sera perçu comme une déclaration de guerre et une trahison. Anta ne me le pardonnera jamais.

– Justement, sais-tu qu'elle a vendu des drones à la plupart des dictatures de la planète et qu'elle a démarré sa carrière en commercialisant des faux médicaments censés augmenter l'espérance de vie ? Au final, heureusement qu'ils étaient faux, les vrais étant bien plus dangereux. Pire encore, elle a réussi à raser les forêts de bambous où survivaient les derniers pandas pour faire pousser des vignes à la place. Je me demande comment on peut dormir après avoir rayé une telle espèce de la surface de la planète...

Tim constata qu'Eilan semblait être devenu un jeune homme cultivé avec la tête sur les épaules et un certain sens du politiquement incorrect. Sur l'estrade, Anta était habillée d'une robe assortie au costume de Tim. Elle faisait face à un groupe de gamins ridés qui avaient abusé de leur jouet accompagnés de parents ridiculement jeunes. Il était impossible de savoir qui était le parent de l'enfant. Seuls les styles vestimentaires pouvaient aider. Le reste de la salle était rempli de journalistes. On ne pouvait faire un battement de cils sans avoir l'air con sur une centaine de photos. Tim suait à grosses gouttes et se sentait de plus en plus mal. Son cœur battait la chamade. Un bruit sourd grondait dans ses oreilles. Des douleurs enserraient son crâne. Il n'entendait même plus ce qu'Anta disait et son champ visuel se colora de rouge. Ses mains, le visage d'Eilan et d'Anta, tout devenait couleur sang. Sa poitrine lui faisait mal et une forte nausée l'envahit. Il appuya sur ses yeux en se demandant comment il en était arrivé là.

Le pire, c'est que si c'était à refaire, il commettrait les mêmes erreurs. Il n'avait jamais eu le cran de s'affirmer face à Anta. La crainte de décevoir l'avait toujours emporté. Allait-il décevoir Anta, une fois de plus, comme elle aimait à lui rappeler ? Allait-il rendre fier son fils avec un discours d'homme libre ?

Le trac et la peur des conséquences sur sa carrière lui coupait le souffle. Son fils lui fit du coude :

— Papa, réveille-toi ! Anta t'appelle. Vas-y, tu es le meilleur !

Sans réfléchir à autre chose que de ne pas s'effondrer, il se leva et rejoignit tant bien que mal le podium. Une éternité sembla s'écouler. Il tenait sa fiche en tremblant. Comme un gladiateur qui serre son épée avant d'entrer dans l'arène.

Face à la salle, il évita de croiser quiconque du regard. Anta le prit par le bras et l'emmena au milieu de l'estrade. Étrangement, il se sentit apaisé auprès d'elle. Comme un chien peut l'être lorsqu'il retrouve son maître, même si celui-ci lui ordonne de se coucher. Il desserra ses mâchoires, prit une grande inspiration et se lança :

– Si on m'avait dit lorsque j'ai inventé la Timebox que je me retrouverais ici à faire un discours, j'y aurais réfléchi à deux fois…

Anta, surprise, éclata d'un rire forcé lorsqu'elle entendit des rires en provenance du fond de la salle. Tim aurait tout donné pour que cette farce s'arrête. Anta s'était pendue à son bras gauche, façon couple uni et complice, du moins vu de loin. Il avait plutôt l'impression qu'elle allait l'emmener au poste ou lui arracher le bras, ses ongles s'enfonçaient progressivement à travers son costume. Il poursuivit d'un air peu assuré :

– Je tiens avant tout à féliciter les parents présents dans cette salle. Sans eux, nous ne serions pas réunis ici. Et bravo à eux de ne pas avoir autant abusé des Timebox que leurs enfants, sinon comment leurs petits auraient fait pour réussir à devenir plus vieux qu'eux ?

Encore des rires. Décidément, il avait du succès. Il commençait presque à y prendre goût. Il remonta son bras pour mettre sa montre en face de ses yeux puis tapota sur le cadran et l'approcha de son oreille avant de secouer la tête.

– Quelqu'un aurait-il l'heure, s'il vous plaît ? demanda-t-il à la foule.

Au lieu de lire sa fiche ou de foutre sa carrière en l'air en faisant une bêtise, Tim comptait profiter de l'occasion pour raconter son histoire préférée et tenter de reprendre un instant la place qui lui était due.

– Je vais vous raconter l'histoire de cette montre,

commença-t-il avant d'être interrompu par des cris de panique provenant du fond de la salle.

# 115 MINUTES ET 31 SECONDES TERRESTRES RESTANTES

## Camp militaire de Bibracte, Bourgogne

Terry était prêt à passer à l'acte. Certains avaient voulu l'éliminer de peur qu'il ne devienne un terroriste. Dont acte. En exécutant Anta avec les armes qu'elle avait utilisées pour tenter de le supprimer, justice allait être rendue.

Deux appareils étaient en activité dans l'amphithéâtre Orwell, soit disant pour en assurer la sécurité. La compression temporelle de la petite Timebox de Terry était moins élevée que celle de l'amphithéâtre. Une seconde de son côté équivalait à deux microsecondes terrestres soit deux secondes pour Anta et ses invités. Il avait déjà pu s'apercevoir des inconvénients de ce déphasage une fois aux commandes du système de contrôle d'un des deux drones. Tout ce qui se passait dans l'amphithéâtre se déroulait en accéléré. Pour ne rien arranger, il était toujours sous l'effet analgésique des pilules. Il se demanda s'il n'avait pas intérêt à mixer avec une substance excitante, mais se ravisa de peur de se sentir mal. L'occasion ne se présenterait pas deux fois.

Anta se dandinait sur scène et parlait avec une voix de Mickey à cause du déphasage temporel. Terry fit une tentative pour déplacer l'engin et faillit rentrer dans un mur. Non seulement les deux Timebox étaient désynchronisées, mais il y avait également un temps de latence entre le moment où il appuyait sur les commandes et l'instant auquel les images lui parvenaient. Un entraînement plus poussé avec des jeux vidéo n'aurait pas été du luxe. Le passage en mode automatique pour tirer sur Anta était malheureusement impossible. L'opération allait devoir se faire à l'ancienne, à la main. Observer, cadrer, viser, tirer et recommencer. Pour se donner du courage, il passa en boucle la chanson reggae qu'il venait d'enregistrer : « Terry Terrifié Hé Hé ! » et improvisa un slam frénétique. Il régla le second drone en mode observation passive pour éviter toute interférence et arma la mitrailleuse de son engin. Pour s'assurer un tir plus chirurgical, Terry tenta de s'avancer davantage vers la scène tout en essayant de calmer les tremblements de sa main. Il reconnut une silhouette familière à côté d'Anta sans parvenir à mettre un nom dessus. C'était sûrement un des six autres salopards qu'il avait vus en photo dans les dossiers. « Tant mieux, se dit-il, d'une pierre deux coups ! »

Lorsque le viseur du drone se stabilisa sur le corps d'Anta, il enfonça le clic gauche de la souris. C'est à ce moment précis qu'il reconnut l'homme pendu aux bras d'Anta : c'était son frère, Tim.

# AU MEME INSTANT

Amphithéâtre Orwell, Tour Kronos, Paris la Défense

Alors qu'il se demandait ce qu'il avait bien pu dire de si choquant en parlant de sa montre, Tim se rendit compte qu'un des deux drones de la salle avait basculé en mode intervention. L'appareil survolait l'assemblée en direction de la scène d'un air mal assuré et avait renversé plusieurs spectateurs sur sa route. Une alarme se déclencha.

Tim stoppa son discours en supposant qu'il devait y avoir dans la salle un individu armé de mauvaises intentions et que le drone était en chemin pour le neutraliser. Il espéra que son fils n'y soit pour rien lorsque le drone survola le rang où Eilan se trouvait assis. Mais c'était vers les familles ayant subi un inversement générationnel que l'engin fonçait en zigzaguant.

Une rafale de balles éventra les fauteuils du premier rang et le parquet de la scène jusqu'aux pieds de Tim. Il vacilla et se rattrapa au bras d'Anta, l'entraînant dans sa chute. Par un mouvement réflexe sûrement hérité des innombrables films d'action qu'il avait vus, il entoura Anta de ses bras. Le drone fou tourbillonnait dans les airs. C'était vers eux deux qu'il paraissait vouloir finir sa course meurtrière.

Il y eut une explosion doublée d'un choc violent puis un moment en dehors du temps où chacun se préparait à ressentir une vive douleur avant d'inspecter mécaniquement son corps, pour découvrir si quelque chose manquait. Le drone s'était écrasé en projetant des débris partout dans l'amphithéâtre. Il y avait des éclats incrustés partout dans les murs, les écrans, les sièges. Au premier rang, ceux qui avaient opté pour une belle chemise blanche, comme Tim, étaient couverts de tâches spectaculaires.

En rouvrant ses yeux, Tim vit ses mains recouvertes de sang. Dans ses mains, il y avait toujours la tête d'Anta. Tim poussa un cri lorsqu'il se rendit compte que sa montre avait été touchée. Ce qui en restait baignait dans le sang qui coulait, goutte à goutte, au même rythme que la trotteuse toute tordue. En vidant le sang qui avait rempli le cadran, il y délogea un bout de métal encastré dans le mécanisme. Si elle n'avait pas été fabriquée avec un alliage aussi résistant, il aurait sûrement perdu sa main et Anta n'aurait plus toute sa tête. Elle commença d'ailleurs à s'animer et signe qu'elle avait recouvré ses esprits, lui ordonna de la lâcher avant de partir sans s'inquiéter pour le sort de son sauveur.

Autour de lui, ceux qui avaient encore l'usage de leur voix l'employaient à exprimer leur douleur ou le chagrin. C'était le cas du père du lauréat qui allait devoir faire le deuil d'un enfant. Peu lui importait l'âge du décès. Le pauvre homme allait et venait, désemparé, autour des trois bouts de corps qui restaient de son rejeton, ne sachant pas auprès duquel s'agenouiller.

En voyant la scène, Tim se rappela que son fils était également dans la salle. Il se releva tant bien que mal et enjamba avec précaution un morceau du drone qui avait tué des innocents plutôt que de les protéger. Était-ce une sorte de défaillance technique ou un attentat ? En tout cas, il y allait avoir des têtes qui allaient tomber dans leur filiale Drone, se dit Tim en donnant au passage un coup de pied dans les restes de l'engin. Un grésillement strident sortit de la carcasse métallique et s'ajouta aux acouphènes de Tim. Quelqu'un chantait au ralenti des paroles étranges sur un air reggae connu, avec une voix plongeant dans les graves.

Tim continua sa progression à travers des débris de moins en moins inertes. L'évacuation de la salle était en cours sous les instructions de drones dont tout le monde se méfiait à présent. L'allée où était assis son fils s'était vidée de ses participants. Il reconnut de loin le manteau de son fils. Il allait le ramasser pour le lui rendre à la sortie lorsqu'il trébucha contre quelque chose : le corps de son gamin était à terre, animé par des saccades de mouvements convulsifs, comme dans une danse macabre en rythme avec la chanson reggae.

Le corps de Tim était maintenant étendu à côté de celui d'Eilan, évanoui.

# QUELQUES MILLIERS DE MICROSECONDES PLUS TARD

Camp militaire de Bibracte, Bourgogne

Terry s'était efforcé de rompre tout contact avec son frère depuis la mort de leurs parents et se serait bien passé de le revoir, surtout en ces circonstances. Mais Tim avait fait son come-back au pire moment, lorsque Terry venait tout juste d'actionner les canons du drone. Par réflexe, l'apprenti pilote avait alors secoué la souris dans tous les sens, pour tenter de diriger le tir ailleurs que sur son frère. Mais une première salve de balles avait déjà quitté la bouche du canon. Les cris avaient réveillé Maya en sursaut. Elle s'était mise à hurler de concert en voyant le drone s'écraser sur les personnes du premier rang. Terry avait alors frappé sur tous les boutons autour de lui. La musique reggae s'était transformée en un puissant larsen jusqu'à ce que l'alimentation de l'ordinateur soit arrachée.

Terry gisait par terre comme un mourant, assailli par le remords, les doutes et un début de folie. Il s'appuyait de toutes ses forces sur ses yeux, jusqu'à la douleur. Une lumière aveuglante avait rempli l'espace, parcouru par des éclairs noirs qui partaient du centre. Des couleurs rouge vif se déversaient par vagues symétriques et prenaient des formes de corps désarticulés qui s'assemblaient pour former une sorte de kaléidoscope morbide.

Dès qu'il eut recouvré une partie de ses esprits, Terry se reconnecta au portail de gestion des drones en tremblant encore plus que lors de son attentat raté. Son stock de pilules post-traumatiques était épuisé, et il était terrorisé à l'idée d'avoir commis l'irréparable. Avait-il blessé son frère ? Était-il encore en vie ? Était-ce bien lui ou avait-il halluciné ? Qu'est-ce que Tim fabriquait sur la scène d'une salle pleine à craquer, lui qui était atteint d'une glossophobie notoire ?

Après avoir craché sur son frère pendant des années, il aurait tout donné à présent pour serrer vivant dans ses bras celui qui avait toujours été le chouchou des parents. Ils avaient toujours reproché à Terry de travailler pour l'industrie sanglante des drones et de causer indirectement la mort de dizaines de milliers de personnes. Heureusement qu'ils n'étaient plus là pour voir ce qu'il venait de faire, se répéta-t-il en se loguant sur le réseau de DEAS.

La réponse à ses angoisses se trouvait dans les vidéos enregistrées par le deuxième drone de l'amphithéâtre. Il prit son courage à deux mains et appuya du bout du doigt sur *play*. Le drone qu'il avait si maladroitement piloté décrivait une trajectoire incertaine, tel un animal blessé enfermé dans une cage. Terry passa les images au ralenti en zoomant sur Tim. C'était bien son frère, en plus âgé. Au moment du tir, celui-ci s'effondra en emportant Anta dans sa chute. Puis le drone s'écrasa en faisant encore de nombreuses victimes au premier rang. Une tache rouge apparut sur le bras de Tim. Le sang de Terry ne fit qu'un tour. Ne tenant plus en place, il accéléra l'image. À son grand soulagement, son frère se releva et sa blessure ne sembla pas être grave. Terry put reprendre ses esprits et tenta de se calmer en prenant de grandes respirations. Le pire avait été évité, du moins pour son frère. Et tant pis si

Anta s'était relevée aussi.

Maya sortit de son silence :

— Salaud ! Regardez tous les morts que vous avez faits, honte à vous !

Terry la laissa cracher d'autres injures.

— C'est seulement Anta qui devait mourir, bafouilla-t-il en guise d'excuse. Ce n'est pas une militaire qui va me reprocher d'avoir tué des gens. À cause de qui crois-tu que j'ai agi ainsi ? Et combien de victimes innocentes l'armée a-t-elle fait aujourd'hui ? Mes voisins n'avaient fait de mal à personne, ils étaient même végétariens. Pourtant, vous les avez brûlés vifs.

— Si on les a éliminés, c'est qu'ils représentaient une menace et le méritaient ! C'est pour le bien collectif qu'on se bat. Et vous aussi, on aurait mieux fait de vous buter, visiblement.

— Si vous n'aviez pas essayé de me tuer, je serais chez moi à écouter du reggae en mangeant des carottes. Toi et tes semblables êtes les seuls responsables de tout ça. En plus, vous l'aimez, votre boulot. Tu peux remercier les terroristes. Sans eux, tu serais au chômage. Que ferais-tu alors s'il n'y avait plus personne à haïr et à combattre ? Terroriste, par exemple ?

— C'est ça, vous pouvez toujours causer avec votre discours idéologique. Je vous promets que vous ferez moins le malin quand vous serez menotté face à moi !

— Arrête, tu vas m'exciter avec tes histoires.

Pour lui clouer le bec alors qu'elle s'était murée dans le silence, Terry se rapprocha de la t-imprimante 3D et commanda une tarte à la crème qu'il lui appliqua sur le visage. Il lui demanda si elle préférait une glace ou un miroir avec ça, sans obtenir de réponse.

Le calme enfin revenu, Terry se balada sur le web à la recherche de news sur l'attentat qu'il venait de perpétrer. Quelques microsecondes terrestres après, l'actualité était monopolisée par son acte. Sa barbarie faisait la une sur tous les sites. On ne comptait plus les t-minutes de silence.

Les médias répétaient en boucle le peu qu'ils savaient. Des parodies de son tube reggae s'étaient hissées au palmarès des vidéos avec des millions de vues par microsecondes. Des mouvements radicaux d'eco-warriors avaient revendiqué son acte et allaient certainement se faire droner d'ici quelques minutes. À moins que ce ne soit une opération de communication de haute volée de la part d'Anta pour désigner des coupables et justifier les prochaines opérations déjà planifiées.

Sept morts et quelques blessés dont un jeune homme de vingt-six ans dans un état critique, tel était le bilan provisoire.

Pour chasser tous ces chiffres de son esprit, Terry se connecta sur la plate-forme de jeux en ligne de Shoot'em up massivement multijoueurs. Il sélectionna un avatar dans le camp des rebelles. Les autres membres de son équipe devaient être des gamins de dix ans tout au plus d'après leurs pseudos et étaient bien plus forts que lui. Ils dégommaient tout sur leur passage et prenaient d'assaut une grande tour. Elle était protégée par des drones contrôlés par ceux qui avaient choisi le camp adverse. L'objectif était de libérer les prisonniers de leur t-cellules avant qu'ils ne meurent de vieillesse pendant leur garde à vue. Les fondations de la tour devaient ensuite être plastiquées pour que l'édifice s'effondre. Trente tentatives plus tard, Terry se fit une fois de plus surprendre par un drone furtif. Inspiré par la vision de son avatar rendant l'âme, il entraperçut le potentiel de ce jeu si le concept était poussé jusqu'au bout.

Se tournant vers Maya et les bouts de tarte qui lui restaient sur le visage, il s'écria :

– Je ne sais pas pourquoi je me suis embêté à piloter moi-même un drone ! J'aurais dû en faire un jeu en ligne. Avec quelques modifications, les deux drones auraient pu être pilotés par des gamins bien plus expérimentés que moi. La pointe de l'épée doit être mise entre des mains expertes et innocentes ! C'est un super plan pour s'évader de cette prison, non ?

Terry continua son monologue en décrivant avec emphase et moult détails comment programmer l'interface entre les commandes de la plate-forme de jeux et le système de pilotage opérationnel des drones. D'après ses estimations, le développement de cette élégante solution représentait une dizaine de jours de travail.

# 6 928 SECONDES TERRESTRES
# RESTANTES

Camp militaire de Bibracte, Bourgogne

Juste avant d'appuyer sur le bouton d'ouverture de la Timebox, Terry se demanda une fois de plus si son plan avait une chance de fonctionner et vérifiait mentalement qu'il n'avait rien omis. Il avait préparé son évasion dans les moindres détails pendant deux semaines. Sentant que sa fin était probablement proche, il avait également pris soin de s'accorder quelques moments de détente.

Après s'être vautré dans la grâce et la volupté avec des avatars de charme, il avait à présent l'avant de son corps collé au dos moite de Maya. Ce n'était pas désagréable en soi, malgré la morsure des cordes un peu trop serrées. Elle avait du Scotch sur la bouche et les pieds attachés sur le pied à roulettes de sa chaise du bureau. Grâce à cette paire de rollers improvisée, il pouvait ainsi marcher avec son otage sans devoir porter tous les donuts et les tartes à la crème qu'elle avait engloutis. La t-imprimante 3D et le t-pneumatique de la Timebox lui avaient permis de se constituer tout un arsenal. Une sorte de seconde peau en kevlar le recouvrait de la tête aux pieds au cas où la présence de son otage féminin ne suffise pas à calmer les ardeurs des gardes. Maya elle-aussi avait eu droit à son casque et son gilet pare-balles dans lequel ses formes généreuses étaient plutôt mises en valeur. C'était la première fois dans l'histoire des prises d'otage que le ravisseur prenait de telles précautions en octroyant autant d'attention à sa victime. Question armement, il avait simplement reproduit son équipement des jeux vidéo : une bonne vieille AK-12, un couteau à cran d'arrêt tactile et quelques grenades à déclenchement télépathique autour de la ceinture. Sous le col du T-shirt de Maya, il avait glissé une poche de sang factice prête à être percée pour montrer s'il le fallait à ses opposants qu'il ne blaguait pas.

Deux autres surprises attendaient ceux qui lui avaient couru derrière alors qu'il était un simple détenu sans défense. La première, c'est qu'il comptait bien ne pas avoir à se battre longtemps tout seul. Un escadron de drones était censé venir à sa rescousse. D'après ses calculs, il devait réussir à garder la situation sous contrôle pendant une longue minute terrestre avant que la première section de drones ne le rejoigne. Il n'y avait plus qu'à espérer que la plate-forme de jeux interfacée avec le système de contrôle des drones ne plante pas. Grâce à des cours de marketing viral en ligne, il avait déjà réussi à se faire quelques milliers de contacts. Les jeunes inscrits étaient complètement surexcités par la promesse d'un réalisme plus vrai que nature. Le joueur obtenant le meilleur score devait remporter un magot de dix mille bitcoins si la mission était menée à son terme. L'objectif était relativement classique : faire s'échapper de la base militaire un détenu VIP puis l'escorter sain et sauf jusqu'à une discrète Timebox d'une ville de la région.

La seconde surprise était invisible à l'œil nu et tout aussi redoutable. Terry avait monté de toutes pièces une armée miniature de micro-drones programmés pour préserver une sphère de sécurité autour de lui. Quiconque s'approcherait de lui à moins de deux mètres serait immédiatement assailli par ces petits robots capables d'aveugler ou de ronger les parties vitales du cerveau en quelques battements de paupières. Seule Maya avait été rentrée dans le système et désignée comme membre ami.

L'échec pour Terry n'était pas envisageable. Il avait avalé quelques-uns de ses micro-robots. S'il ne les désactivait pas à temps, ils se chargeraient automatiquement de mettre un terme à son existence. Soit son plan fonctionnerait, soit il mourrait d'ici dix mille battements de cœur maximum. Pas question de moisir une seconde fois dans une cellule.

Lorsque les portes de la Timebox s'ouvrirent, la tête du grand Noir suivit pendant un instant le mouvement horizontal des vitres. L'index du garde au second plan finit par atteindre son écran pour donner l'alerte. Une seconde plus tôt, ils avaient laissé entrer dans une Timebox une sorte de bête hirsute quasiment dénudée et se retrouvaient maintenant en face d'un nouveau genre de Robocop suréquipé avec en premier plan un officier de sexe féminin, saucissonné façon bondage à roulettes. Ceux qui étaient en train de courir après lui s'arrêtèrent net. Tout le monde se regarda en chien de faïence pendant au moins quelques secondes. Le temps jouait en faveur de Terry. Ce qu'il n'avait pas prévu, c'était que le Black bloque le passage de tout son long. Il ordonna au garde le plus près de déplacer son copain avant qu'il ne s'en occupe lui-même. Mais ils ne devaient pas bien s'entendre tous les deux, car le soldat ne daigna pas bouger d'un pouce. Enjamber ce corps massif en portant Maya pour s'extraire de la Timebox n'était pas une mince affaire. En plus, les micro-drones allaient faire un carnage s'il avait oublié de cocher l'option *ne pas attaquer si personne morte ou inanimée*. Dans tous les cas, il était plus que temps de sortir de sa cellule. Tôt ou tard, l'un des soldats verrait sur sa e-lentille s'afficher l'ordre de lancer tout leur stock de grenades aveuglantes et paralysantes dans la Timebox. Terry avançait en gueulant aux gars en rangers de déposer leur armes et de ne rien tenter de stupide en leur annonçant qu'il était truffé d'explosifs en tous genres et qu'il n'hésiterait à égorger Maya, comme dans les films d'horreur, au moindre faux mouvement de leur part. Lorsqu'il enjamba le corps allongé, ce dernier eut la très mauvaise idée de se réveiller. Les micro-robots tueurs qui étaient restés discrets lui firent regretter l'envie de vivre en l'emportant dans une danse convulsive type tecktonik à l'horizontale. Sous l'effet de la douleur, il eut tout de même le temps d'attraper violemment Terry par la jambe, ce qui déstabilisa l'embarcation précaire des deux corps en mouvement. Terry chuta lourdement au sol sur Maya qui gémit sous son poids. La poche de sang avait dû éclater, son cou était devenu tout rouge. Un des militaires s'écria : « L'enfoiré, il a buté Jean-Mustapha et Maya ! » Ils commencèrent à vider leurs chargeurs sur Terry qui fut projeté avec Maya sur plusieurs mètres sous l'impact des balles. Le bruit s'intensifia brutalement. Les balles continuaient à fuser, des cris se firent entendre puis le calme revint.

Quand il ouvrit les yeux, il vit à travers la fumée que dégageait sa carapace des dizaines de drones parcourir la salle à la recherche de soldats encore en vie afin d'augmenter leur score respectif. Son plan avait fonctionné, il était aux anges. Maya ne partageait pas son enthousiasme. Son corps suspendu n'offrait plus aucune résistance. Il ne trouva pas de traces de blessures, ni sur elle ni sur lui. Il y avait cependant du sang partout, de son cou à son nombril. Elle ne réagissait ni aux claques de Terry, ni à un long bouche-à-bouche qui avait le goût acide du sang factice parfumé au sureau. Il s'était attaché à elle mine de rien et le fait qu'elle s'en sorte vivante lui tenait à cœur. Il n'aurait pas dû lui offrir cet accessoire de farce et attrape, la blague avait mal tourné. Il coupa les cordes qui les unissaient l'un à l'autre et retrouva le sourire en même temps que ses drones. Il leva les bras au ciel, les drones tourbillonnaient autour de lui. Un délicieux sentiment de puissance et de vengeance s'écoulait en lui et il poussa un cri de victoire en direction d'une caméra de surveillance.

Il se rapprocha et hurla derrière la visière teintée de son casque intégral :

— Regardez ce que vous avez fait de moi ! Je ne demandais rien à personne et n'avais aucune intention de nuire à qui que ce soit. Vous avez tenté de m'assassiner. Vous m'avez torturé puis jeté dans un cachot infâme. Il est grand temps que je vous montre de quoi une cible secondaire est capable.

Il se retourna et félicita les drones autour de lui de leur première réussite et les invita à le faire sortir de cette base au plus vite. En grimpant l'escalier, il jeta un bref coup d'œil à sa cellule d'isolement en passant devant. Cette vision suffit à lui enlever son début de point de côté. Un militaire surgit de nulle part et s'élança vers Terry avant d'être stoppé net dans sa course par le tir de plusieurs drones. Terry avançait fièrement comme un président lors de son footing du dimanche, entouré par un cortège de gardes du corps faisant place nette autour de lui. Arrivé dehors, il y eut un bref moment de tension à cause des miradors qui réussirent à abattre quelques drones. Rapidement, la centaine d'engins restante reprit le contrôle de la situation. Terry trouva un véhicule à son goût et prit la route au volant d'un engin militaire à six roues motrices. Il ne lui restait plus qu'à trouver discrètement sa prochaine planque. Pour l'instant, il ne passait pas inaperçu avec ce monstre motorisé entouré d'une tornade de drones surexcités.

Le cœur de Terry battait la chamade. Grisé par l'air extérieur, il espérait être bientôt dans un lieu assez sûr pour pouvoir désactiver son suicide à retardement et dire au revoir à ses chers amis volants.

# 4 500 SECONDES TERRESTRES RESTANTES

## Tour Kronos, Paris la Défense

Lorsque Tim ouvrit les yeux, des hommes en blouse blanche s'activaient autour de lui. À la place de sa montre, un bandage entourait son poignet. Celui qui s'adressait à lui avec une remarquable indifférence était le chef de service qu'il avait rencontré la veille.

— Vous avez perdu beaucoup de sang. Vous devriez pouvoir quitter votre lit d'ici vingt-quatre heures. Heures terrestres en l'occurrence, nous n'avons malheureusement plus une seule t-chambre disponible.
— Où est mon fils ?
— Il est ici, en soins intensifs. Il est en vie, mais inconscient. Il a reçu un éclat dans le cerveau. Sans traitement approprié, il en a pour deux à trois jours maximum. Le bout de métal doit être extrait avant de causer davantage de dommages. D'après le simulateur chirurgical, il y a plus d'une chance sur deux que l'opération réussisse. J'en ai parlé avec votre femme et ai planifié l'acte dans la journée.

– Une chance sur deux ?! s'étouffa Tim en s'y prenant à plusieurs reprises pour arracher les aiguilles et capteurs qui lui recouvraient le corps sous les regards désemparés des deux hommes en blouse. Ils tentèrent de le retenir puis se résignèrent à l'aider pour éviter qu'il ne se blesse et casse le matériel. Entre deux tentatives pour se relever, Tim secoua son index vers eux d'un air menaçant :

– Je vous interdis formellement de l'opérer, donnez-moi vingt-quatre heures. Une chance sur deux qu'il meure, vous êtes malades ou quoi !

– Il est condamné sans cette intervention qui doit avoir lieu aussitôt que possible pour maximiser les chances de succès. Que comptez-vous faire au juste ? Allez le voir si vous voulez mais laissez-nous faire notre travail !

Tim quitta la chambre en titubant après avoir enfilé le pantalon qui le serrait toujours autant. Il n'irait pas voir le corps inerte de son fils, car il avait enfin trouvé à quoi le projet TITAN pouvait servir et avait beaucoup de travail devant lui. Ce n'était plus la priorité de son entreprise, c'était la priorité absolue d'un père en détresse.

Malgré ses vertiges, le plan d'action lui paraissait limpide : mettre au point un prototype d'anti-Timebox assez stable pour que son fils puisse y passer des centaines de jours terrestres en quelques secondes vitales afin de prendre le temps de trouver le meilleur chirurgien possible ou attendre que la science fasse suffisamment de progrès dans ce domaine.

Tim courait dans les couloirs de l'hôpital pour rentrer au plus vite sur son lieu de travail. Il n'avait que quelques heures terrestres devant lui. Mais grâce aux Timebox, il avait une chance de sauver son fils.

# 1 HEURE TERRESTRE RESTANTE

Tour Kronos, Paris la Défense

Anta s'en était sortie indemne. Le sang sur son visage n'était pas le sien. Après une rapide douche stérilisante, son bracelet santé lança un scan complet à la recherche d'éventuelles blessures ou contaminations : tout était en ordre sauf sur le plan émotionnel. Elle était furieuse et choquée. Et plus elle était énervée, plus elle devenait impulsive et hyperactive. D'ailleurs, elle n'avait pas perdu de temps pour réagir. Tous les drones avaient été évacués de la tour. Des troupes privées de sécurité avaient été appelées en renfort pour assurer sa protection personnelle. La tour Kronos prenait progressivement des airs de forteresse. Anta n'avait nul besoin d'attendre le rapport des experts antiterroristes pour savoir qui étaient les commanditaires de cet acte odieux. Cela ne faisait aucun doute pour elle que ceux qui l'avaient menacée un peu plus tôt dans la journée étaient derrière tout ça. Ces lâches avaient voulu lui ôter sa vie et son empire. Elle ne ressentait aucune peur mais la haine coulait dans ses veines. La guerre était déclarée.

— Moloch, demande à Tim d'arrêter et de détruire tous les travaux du projet TITAN immédiatement, ordonna-t-elle à son assistant. Pas question que ces salopards puissent rêver à leur petite éternité. Tu sais où il est passé d'ailleurs ?

– Tim a quitté l'hôpital et arrivera à proximité de la tour dans cinq minutes terrestres.

– Qu'il vienne dans mon bureau dès qu'il arrive. Commande par t-pneu une belle montre à aiguilles pour le consoler, je crois que la sienne n'a pas résisté.

Anta était tout à fait consciente qu'elle ne serait peut-être plus de ce monde si elle n'avait pas forcé Tim à faire ce discours à ses côtés. Il était comme une mascotte qui portait bonheur quand on le faisait râler.

Le colis arriva en même temps que Tim à bout de souffle avec un bras couvert de bandages et une mine d'enterrement. Il avait l'air aussi désespéré que pressé. Elle l'accueillit les bras ouverts :

– Voilà mon héros ! Tu devrais demander ta mutation en tant que garde du corps, car il se pourrait que je l'accepte…

Tim resta prostré sans pouvoir prononcer un mot. Ses yeux étaient de plus en plus rouges. Anta n'en fut pas surprise. Quoi de plus normal après un attentat et la perte d'un objet cher. Elle lui tendit son cadeau.

– Je suis désolé pour ta montre, je sais qu'elle comptait beaucoup pour toi. Tiens, c'est pour toi.

Il prit la montre brillante entre ses mains tremblantes. Il reprit sa respiration et fondit en larmes sur sa nouvelle montre waterproof.

– Visiblement tu n'es pas au courant pour mon fils, dit-il. Eilan a été gravement blessé et ils ne sont pas sûrs de pouvoir le sauver. Il ne peut pas mourir. Je n'ai même pas eu le temps de bien le connaître. Tu sais qu'il était sur le point de finir sa thèse en astrophysique ? Il avait mis au point une nouvelle méthode de détection d'astéroïdes. J'étais si fier de lui…

Tim n'avait jamais fini sa thèse et malgré les années qui le séparaient de sa vie étudiante, cet échec était encore douloureux. À l'époque, Anta avait été indirectement le sponsor de nombreuses thèses sur les drones et un jeune étudiant était devenu obsédé par une prétendue découverte qui n'avait aucun rapport avec le sujet de sa thèse. Après avoir fait son enquête et flairé une bonne affaire, elle s'était donc débrouillée pour que son université convoque son protégé en conseil de discipline et le renvoie. Elle s'était alors positionnée en sauveur et lui avait fait une proposition qu'il n'avait pas pu refuser. C'est ainsi qu'elle avait mis son nom sur tous les brevets des Timebox et leur inventeur s'était longtemps senti extrêmement redevable envers elle.

— Je suis désolée d'entendre cela, Tim. J'espère qu'il s'en sortira, mais tu sais, tu es encore jeune. Tu pourrais même avoir d'autres enfants si tu voulais, lui dit-elle, sachant pertinemment que ce n'était pas exactement le meilleur des discours à tenir en cette circonstance.

Anta n'était pas du genre à consoler et faire preuve d'empathie quand ce n'était pas pour servir ses intérêts. Personne ne l'avait jamais fait pour elle.

Tim restait prostré avec une expression pleine de douleur et d'incompréhension. Son désespoir commença à ennuyer Anta qui revint à des sujets plus terre à terre :

— Prends-toi des vacances. Oublie le projet TITAN. Pas besoin de compliquer les choses. On arrête tout et tu pourras redémarrer les chantiers qui te tiennent le plus à cœur ou passer autant de temps que tu veux auprès de ton fils.

Les larmes de Tim avaient séché d'un coup et pour la première fois, il était résolu à ne pas se laisser faire.

— Quoi ?! Mais d'où tu la sors cette idée d'arrêter TITAN ? Mon fils va sûrement mourir si on ne fait rien. C'est sa seule chance de pouvoir profiter des futurs progrès de la médecine. Alors, je vais le livrer, ce fichu projet sur lequel tu m'as fait bosser comme un dingue depuis des mois. Et si ça peut t'aider, laisse-moi te dire que si mon fils est entre la vie et la mort, c'est en partie à cause de toi. Tout le monde autour de moi me reproche d'avoir inventé les Timebox, mais c'est toi qui en as fait quelque chose d'aussi omniprésent et monstrueux, et c'est toi qui as invité mon fils à cette cérémonie débile. Résultat, il est tombé dans le coma alors que je te sauvais la vie, alors laisse-moi le sauver à son tour. Tu nous dois bien ça, à tous les deux !

Une pensée saugrenue effleura l'esprit d'Anta lorsqu'elle se rendit compte que c'était un comble pour un passionné d'astéroïde de se prendre un éclat dans l'hémisphère cérébral.

Un grand moment de lucidité l'envahit. Elle avait mis le doigt sur la façon de régler tous ses problèmes une bonne fois pour toutes. Un astéroïde, c'était une idée qui tombait à pic et qui pouvait tout arranger en un temps record. Décidément, Tim était son sauveur. Son *lucky charm* opérait une deuxième fois en une journée sans le savoir. C'était suffisant pour excuser son comportement inacceptable.

Elle le remercia d'un signe de la main et lui dit d'aller faire ce qu'il avait à faire. Elle s'installa à son bureau en lui tournant le dos. Elle avait bien mieux à faire que de perdre son temps à faire des psycho-papouilles. Tim déclara que de toute façon, rien ne l'arrêterait et laissa son cadeau sur la table. Il enleva également avec peine son pantalon trop serré qu'il jeta à terre avant de quitter les lieux d'un pas décidé.

Anta était en pleine effervescence intellectuelle. Même si Tim voulait s'entêter avec son projet TITAN, peu importait finalement. D'ici peu, personne, même lui, n'en voudra plus. Elle avait du pain sur la planche, ce n'était pas tous les jours qu'elle inventait de toutes pièces une fin du monde apocalyptique.

# 50 MINUTES ET 31 SECONDES TERRESTRES RESTANTES

Sous-sols de la tour Kronos, Paris la Défense

Une fois arrivé à l'intérieur de son t-appartement, Tim s'écroula au sol pendant quelques minutes afin de reprendre son souffle après la course effrénée qui l'avait mené, légèrement vêtu, du dernier étage de la tour aux niveaux inférieurs. Sofia lui avait souhaité la bienvenue, allongée sur une plage de sable blanc en bikini. Vu les circonstances, sa tenue était de bien mauvais goût. Sa première action, une fois relevé, fut de la désactiver. Le coefficient temporel de ses deux Timebox était de un pour deux millions et grâce à leur usage imbriqué, chaque seconde terrestre pouvait se muer en une petite éternité, trente-cinq ans, calcula-t-il. Sophie lui avait laissé plusieurs messages et le premier d'entre eux datait déjà de quelques minutes terrestres.

— Allô, Tim, je suis arrivée à l'hôpital et on te cherche partout. Où es-tu ? Le médecin m'a dit que tu étais parti comme un sauvage en leur disant de ne pas opérer Eilan. Comment tu as pu leur dire ça ? Même s'il est majeur, ils veulent avoir ton accord de principe sur le fait que tu n'engageras pas de poursuites à leur encontre en cas d'échec. Rappelle-moi vite en tout cas !

Le second avait été passé deux minutes après et le troisième datait de moins d'une minute. Sophie était rapidement passée d'un mode soutien psychologique aux victimes d'attentat à un tempérament de mère en furie. Entre les insultes, il apprit qu'Eilan avait partiellement repris connaissance et venait de passer des examens approfondis avant d'être replongé dans un coma artificiel. Le score de réussite potentielle de l'opération était de plus de soixante pour cent si l'intervention démarrait dans moins de trente minutes. Chaque minute d'attente supplémentaire réduisait les chances de succès.

Il n'avait aucun espoir de convaincre la mère d'un fils dans le coma artificiel qu'il comptait le sauver en inventant une sorte de machine à voyager dans le futur qui n'existait pas encore. Avec vingt-cinq minutes terrestres devant lui, c'était pourtant bien ce qu'il comptait faire et il s'était juré de ne pas sortir de son appartement tant que l'anti-Timebox ne serait pas prête. Lui qui avait toujours essayé de fuir ses responsabilités de père, son fils était devenu sa seule raison de vivre. Il aurait tout donné pour se racheter une bonne conscience en prouvant à Sophie qu'il était l'homme de la situation, elle qui l'avait traité dans son message de père lâche et indigne.

Les Timebox avaient permis aux entreprises du monde entier de faire travailler non-stop leurs employés avec des délais toujours plus courts. Tim s'était maintes fois enfermé dans une Timebox pour le compte de DEAS. Il était temps que la roue tourne et serve pour une fois à délivrer un projet qui avait un sens tout particulier pour lui.

Il réorganisa ses équipes de recherche en mode start-up. Tim souhaitait un changement radical d'approche et avait invité tous ceux dont il n'avait pas immédiatement besoin à prendre une demi-heure de pause à proximité du labo central. Les meilleurs dans chaque domaine avaient été sélectionnés pour l'aider à distance et mettre en pratique ses instructions dans le grand t-hangar d'un hectare parsemé de Timebox en tous genres. Tim disposait grâce aux multiples capteurs audio et vidéo d'une immersion complète lui donnant l'impression de flotter librement dans le hangar à sa guise. Seules quelques ennuyeuses désynchronisations temporelles lui faisaient revenir les pieds sur terre en provoquant de longues attentes ou des vitesses de lecture inappropriées.

Il avait inventé les différentes générations de Timebox, c'était à lui de découvrir comment inverser son fonctionnement. C'est ce qu'il se disait pendant les bons jours. Les mauvais jours, il passait en boucle des vidéos d'Eilan et celles que son fils avait filmées à son insu pendant son demi-milliard de secondes. Une fois, il sauta partout en pensant être sur le point d'avoir un premier prototype, qui se révéla finalement être une Timebox consommant énormément d'énergie pour ne rien faire, ni accélérer, ni réduire sa vitesse relative d'écoulement du temps. Ce soir-là, il absorba autant de cocktails que son estomac pouvait en contenir en regardant son film préféré d'enfance, *Chéri j'ai rétréci les gosses*, avant de se faire vomir par peur de provoquer une ouverture d'urgence de sa Timebox s'il tombait dans les pommes.

Allongé à terre sans pouvoir bouger, Tim réalisait à quel point il s'était débattu ces dernières années dans une agitation vaine et stérile. À quoi bon travailler comme un forcené pour mettre en place davantage de progrès futiles, de technologies de pointe stériles et créer davantage de richesses pour ceux qui en ont déjà trop. Marre de vouloir arranger la réalité à coups d'inventions et de chantiers, pour finalement détruire le peu qu'ils avaient et réaliser que c'était mieux avant. Il regretta profondément d'avoir mis au point les Timebox. Il jura solennellement, à lui-même et à tout ce qui l'entourait, de simplement consacrer le restant de ses jours à être un bon père, un bon mari et un bon ami, à vivre en harmonie avec la réalité et à savoir contempler et remercier l'univers chaque jour pour ces étranges choses que sont la vie et la perception de sa propre existence. Voilà qui devrait amplement suffire, lorsque Eilan serait sain et sauf.

Depuis ce moment, il s'était imposé une discipline militaire en ne dormant que le strict minimum à intervalles réguliers et se rasait toute la tête dès que les premiers poils apparaissaient. Une dizaine de rasoirs jetables avaient été utilisés. Sofia ne lui inspirait plus aucun désir. Plus une goutte d'alcool ou de café. Les petits plaisirs de l'existence n'avaient plus aucune saveur. Il vivait obsédé par ses recherches et le souvenir des derniers moments passés avec Eilan.

Sa collection de shorts à fleurs avait été remplacée par des bermudas couleur camouflage militaire pour zones désertiques et il s'était mis à écouter les groupes de green metal préférés de son fils. À force de les entendre, il commençait même à apprécier ce recyclage musical mêlant death metal et reggae sur fond de jungle concrète. Un goût appris, comme celui du café quotidien ou de la bière. En plus, grâce à la musique, quelqu'un lui hurlait dessus toute la journée, ce qui l'aidait à avancer maintenant qu'il n'avait plus Anta ou Moloch sur le dos. Lorsqu'il perdait le fil face à son e-tableau noir rempli d'équations géantes, il lui semblait que sa tête allait régulièrement exploser. Les journées s'enchaînaient au rythme endiablé des tam-tams. Pendant ses courtes nuits agitées, il cherchait sa montre fétiche comme un membre fantôme.

Hypothèse, espoir, expérimentation, attente, angoisse, résultats, déception, ce cycle tournait en boucle comme une spirale vicieuse en l'emportant toujours plus bas dans les profondeurs du doute. Les prototypes s'accumulaient dans le labo, les tableaux de gestion de projet agile s'écroulaient sous le poids des fiches cartonnées. Ils exploraient sans succès les différents types de rayonnement afin de trouver une solution côté hardware.

Au bout de quelques semaines d'échecs à répétition, certains étaient partis en congé maladie ou avaient claqué la porte après une n-ième saute d'humeur de leur patron. Il ne lui restait que quatre physiciens qui tenaient encore debout. Il fallait les ménager. Tim s'était progressivement entouré d'ingénieurs spécialisés dans les aspects software. Leur chef était devenu méconnaissable. Alors qu'ils étaient habitués à un directeur connu pour sa démarche participative et son goût naturel pour la diplomatie, il semblait à présent régner en maître absolu avec une patience toute relative.

Parmi cette nouvelle vague de ressources se trouvait Eurêka, la plus jeune employée qui n'avait visiblement pas l'ambition de se faire bien voir : elle avait refusé de travailler sur les tâches de tests que Tim avait pris le temps de lui confier. Depuis sa t-box de l'open space lui-même soumis à une légère compression temporelle, elle soutenait qu'il était préférable qu'elle puisse continuer à bidouiller sa propre t-box. Elle était convaincue que c'était dans les lignes de code du programme de compression temporelle que la solution se trouvait et reprochait sans détour à Tim de s'enfoncer dans une impasse. Samedi dernier, avec un simple forfait prépayé et une heure consommée, elle était restée plus de neuf mois aux frais de DEAS en piratant une Timebox publique de la gare de Lyon. C'était le premier enfant Timebox que Tim avait rencontré. Ses deux mamans adoptives l'avaient commandée au prix fort pour une livraison en moins de vingt-quatre heures. Une mère porteuse avait passé neuf mois dans une t-clinique après avoir été inséminée par un ovule fécondé correspondant au génome féminisé d'Einstein. Pour autant, ce n'était pas parce que Eurêka était un pur produit DEAS que le département fraude n'avait pas engagé des poursuites judiciaires à son encontre. Tim avait exceptionnellement réussi à convaincre Anta de laisser tomber les poursuites et de l'embaucher avec une clause de dédit-formation qui l'obligerait à payer une somme astronomique si elle décidait de démissionner avant dix ans de bons et loyaux services. D'après Tim, c'était mieux que la prison et ses compétences seraient utilisées à bon escient.

Elle venait de lui envoyer une analyse qui n'avait rien à voir avec l'anti-Timebox. Elle avait croisé les données nominatives d'utilisation des Timebox avec les informations médicales des usagers. Même Tim n'avait pas accès à ces données sensibles. La corrélation entre l'âge du décès et le taux d'utilisation des Timebox était choquante. Pour certains modèles, la mort d'un gros consommateur intervenait en moyenne vingt ans plus tôt que son espérance de vie. Si son analyse était bonne, il était face à un énorme scandale industriel. Eilan et lui avaient certainement déjà perdu quelques années de vie. Eurêka avait exclu les individus qui, comme elle, avaient été conçus sous Timebox. C'était certainement pire. Il était difficile de croire que les Timebox puissent devenir la cause de la mort prématurée de centaines de millions d'usagers sans que personne n'ait tiré la sonnette d'alarme plus tôt. Il essaya à plusieurs reprises de la contacter sans succès. Il aurait bien mis son doigt expert sur les grossières erreurs qu'elle avait sûrement commises dans ses requêtes et formules de calcul.

Dans le message qu'il lui avait laissé, il lui avait dit d'un ton très paternaliste que travailler dans la sécurité informatique ne signifiait pas qu'elle pouvait jouer à pirater les données de sa propre entreprise sans y être autorisée et qu'elle devait immédiatement le rappeler afin d'apprendre de ses erreurs. Par mesure de précaution, il avait tout de même demandé de manière candide au service décisionnel de lui envoyer un rapport sur ces aspects. Ils lui avaient répondu dans la seconde qu'ils n'avaient pas les ressources compte tenu des priorités de l'entreprise et qu'ils ne disposaient pas encore d'assez de données pour pouvoir observer des tendances avec un bon degré de confiance. Leur message avait tout l'air d'une réponse automatique.

Tim avait déjà assez de ses problèmes et sa priorité n'avait pas changé. Pourtant, ne pas réagir face à un tel scandale potentiel aurait été un crime contre l'humanité.

Plusieurs heures après, il n'avait toujours pas reçu de nouvelles d'Eurêka. C'est la goutte d'eau qui lui fit perdre patience. Il essaya de l'appeler à nouveau pour lui annoncer qu'elle était désormais affectée dans les équipes support des services de maintenance extérieure, ce qu'il pensait être la pire des punitions après la prison. Elle n'était toujours pas connectée et n'avait pas été en ligne depuis des heures. Son taux de productivité criait famine. Tim demanda à ses collègues et au service sécurité s'ils savaient où elle pouvait se trouver. Personne ne l'avait vue et d'après le système de monitoring, elle n'avait pas bougé de sa Timebox. Fait rarissime, le coefficient de compression temporelle était une donnée non disponible. Le système de géolocalisation indiquait que la puce sous-cutanée était toujours au même endroit. Il demanda si quelqu'un pouvait aller vérifier sur place sachant que cela prendrait plusieurs secondes terrestres. Ce que Tim n'arrivait pas à s'expliquer, c'est qu'elle aurait dû être indiquée soit comme connectée soit comme morte si elle était toujours dans sa Timebox. C'était sûrement un autre mauvais coup qu'elle leur jouait.

Le service de sécurité avait déclenché l'alerte orange pour la localiser craignant qu'un mauvais coup ne se prépare. Ils étaient sur les dents depuis l'attentat qui s'était déroulé sous leur nez avec leurs propres moyens de défense. Pour patienter le temps que les forces d'interventions rapides se traînent jusqu'à la Timebox en question, Tim se mit à son tour au piratage informatique et força l'accès à la journalisation applicative du portail de développement d'Eurêka pour voir à quand remontaient ses dernières opérations. Il put y voir qu'elle avait effacé toutes les lignes concernant les travaux qu'elle avait envoyés à Tim. Par contre, il y trouva toutes les opérations effectuées depuis. Après avoir travaillé sur le module de contrôle de la compression temporelle pendant des heures, elle avait rebooté sa Timebox en passant sur une nouvelle version du système de gestion temporel. Ensuite, plus rien, plus aucun signe d'activité, même pas l'ouverture des portes de la Timebox. Tim passa des heures à essayer de comprendre les modifications qu'elle avait apportées à sa Timebox avant de disparaître. Force était de constater qu'il n'y comprenait pas grand-chose. Il se résigna à demander de l'aide à ses experts en informatique industrielle. Eux-mêmes s'avouèrent un peu dépassés par ces lignes de codes complexes et sans aucun commentaire. Ils arrivaient à comprendre le sens de chaque ligne unitairement, mais ne voyaient pas du tout ce que l'ensemble pouvait faire. La meilleure façon était encore d'installer les modifications sur une Timebox du laboratoire pour en étudier les résultats.

Le premier essai venait de démarrer. La Timebox expérimentale se figea instantanément et même le costaud de l'équipe n'arriva pas à l'ouvrir avec un pied-de-biche. À l'intérieur, l'écran indiquant le nombre de microsecondes internes s'était bloqué dès que la Timebox avait démarré. Tim commençait à avoir un très bon pressentiment et essayait fébrilement de transmettre son enthousiasme à son équipe désabusée. Ils avaient peut-être un prototype d'anti-Timebox devant les yeux. Mais avant de crier victoire, il fallait en avoir la preuve. Combien de fois avait-il déjà pensé voir la lumière au bout du tunnel avant de s'apercevoir que c'était une impasse. À côté du prototype, un thésard rachitique tapota sur l'épaule musclée de son collègue et lui demanda de le laisser faire. Il dirigea un scalpel laser vers la porte. À l'instant précis où celle-ci fut transpercée, une énorme déflagration secoua le laboratoire et pulvérisa l'anti-Timebox.

Tout le laboratoire avait été secoué par l'explosion et ses occupants avaient été projetés au sol parmi les débris. Seule l'image holographique de Tim était restée intacte. Il ne restait que deux laborantins qui avaient l'air d'être entiers. L'hologramme de Tim leur demanda comment ils allaient. Il déduisit de leur silence qu'ils étaient soit sourds soit en état de choc ou les deux à la fois. L'un d'entre eux s'était pris de plein fouet le tableau projet. Tim demanda à l'infirmerie d'envoyer tout le personnel médical disponible au labo. C'était visiblement trop tard pour certains membres de son équipe. Depuis son écran 3D tactile, il pouvait distinguer des restes de corps calcinés dispersés autour du prototype. Pris de vertige, il alla prendre l'air en sortant de la petite Timebox et fit quelques pas dans son salon. Pendant quelques secondes, il s'allongea par terre. Il était écartelé entre le désespoir d'avoir sacrifié des membres de son équipe et celui de ne pas avoir encore mis Eilan dans une anti-Timebox. S'il s'arrêtait deux secondes de plus, il allait mourir d'épuisement. Il décida de se donner une dernière chance et de tester lui-même cette potentielle anti-Timebox. Ils étaient morts pour la science. C'était à son tour de prendre des risques. Si les tests étaient concluants, leur sacrifice permettrait de sauver au moins une vie, celle de son fils.

Comme un grand gamin qui avait trouvé une nouvelle bêtise à faire après un gros chagrin, il appliqua fébrilement les changements d'Eurêka sur sa t-box de salon et la mit en route juste avant de sortir de son appartement. Quelques secondes terrestres valaient bien d'être sacrifiées. Depuis l'extérieur, il activa sa Timebox en sélectionnant un temps d'attente d'une seconde terrestre. Les portes se fermèrent un court instant. D'après le cadran à l'entrée, il venait de s'écouler deux millions de secondes à l'intérieur de son appartement. Le chronomètre de la t-box indiquait un peu plus d'un million de secondes. Un petit gémissement de plaisir s'échappa des lèvres crispées de Tim. Il cria « Eurêka ! » en levant les mains au ciel. Tim n'avait plus qu'à tester lui-même cette bonne nouvelle avant d'organiser le transfert d'Eilan. Le scan de son état de santé ne trouva rien d'anormal. Le pire qu'il puisse arriver, c'était qu'il meure et qu'Eilan se fasse opérer comme prévu, n'étant plus une menace juridique pour le corps médical. Excité par la sensation d'atteindre le bout du tunnel, il demanda à Sofia de se préparer dans le salon pour lui. Tous ces morts, le danger et la perspective du succès avaient bizarrement stimulé sa libido au plus haut point.

Alors qu'il se déshabillait, son écran clignota avec un appel urgent de la sécurité. La tête d'un homme avec de grandes moustaches grisonnantes apparut en s'excusant de son interruption. L'air navré, il informa Tim qu'une explosion avait eu lieu dans le labo. Tim lui répondit, agacé et torse nu, qu'il était déjà au courant et avait prévenu les secours. Le cinquantenaire dont le faciès rappelait celui d'une tortue lui demanda alors sur quel projet imputer le temps que ses équipes allaient passer. « Sur TITAN », répondit Tim après lui avoir demandé de régler ces détails plus tard. Son interlocuteur répliqua que le statut de ce projet était *closed* avec un très mauvais accent anglais. Cette conversation tout à fait bureaucratique avec un homme tout à fait moustachu avait supprimé toute excitation chez Tim. Une fois ce problème résolu, l'homme en question demanda à Tim si cette explosion avait un lien quelconque avec la disparition d'Eurêka. Elle n'était en rien responsable, lui garantit Tim, en expliquant qu'il s'agissait d'un simple accident provoqué par l'ouverture imprudente d'un prototype de Timebox instable. Il ajouta quelques détails techniques en espérant faire fuir ce pot de colle.

— Merci pour votre patience, je vous recontacterai rapidement, répondit son interlocuteur. J'ai une autre urgence en parallèle à gérer pour vous. Mes gars sont en train d'essayer d'ouvrir la Timebox d'Eurêka pour s'assurer que sa présence ne constitue pas…

— Arrêtez ça immédiatement ! Vous m'entendez ? Si vous forcez l'ouverture, ça va leur exploser à la gueule, l'interrompit Tim en gueulant.

— Comment ça ? Depuis quand les Timebox explosent ?

Ayant réussi à faire le rapprochement entre l'accident du labo et la réaction de Tim sur l'ouverture de cette Timebox, il n'eut pas besoin de réponse à sa question pour arrêter de se tripoter les moustaches et se précipita sur son clavier. Un t-message fut envoyé sur tous les écrans à proximité de ses hommes. C'était le moyen de communication que la procédure préconisait pour les messages urgents à destination de troupes en dehors de Timebox. Les t-réseaux filaires étaient bien plus rapides que le Wi-Fi et les appels par fréquence radio. Depuis l'écran de télésurveillance, le chef de la sécurité suivait une troupe de quatre hommes au ralenti. L'un d'entre eux avait un stylo laser de découpe pointé sur la porte. Une légère fumée flottait au-dessus d'un point scintillant. Le message apparut en lettres d'un rouge vif avec le logo de leur unité en fond

*STOP DANGER – ABANDON OUVERTURE*

S'il avait envoyé le message sur les e-lentilles de celui qui forçait la porte, le signal serait encore entre l'antenne émettrice de la pièce et ses hommes. De précieuses secondes auraient été perdues. La bouche d'un des hommes qui était face à un des écrans commença à s'ouvrir lentement. Son bras se tournait doucement vers le bricoleur de la bande. C'était comme si l'image d'un film d'action se figeait au moment crucial. Il n'y avait plus qu'à espérer qu'ils s'arrêteraient avant d'avoir réussi à percer la porte. Deux explosions le même jour suffisaient amplement à satisfaire toute son équipe de sécurité en manque de budget. La veille encore, le responsable sécurité s'était plaint au pot de départ de son chef que son boulot était usant. Il fallait être toujours sur le qui-vive, prêt pour une catastrophe qui ne se produira fatalement que lorsque lui ne le sera pas. Ce matin, il s'était réveillé avec la gueule de bois et un attentat sur les bras. Il n'avait pas eu le temps de s'en remettre que le laboratoire avait en partie explosé juste après qu'un employé ne se fut volatilisé. Ne quittant pas des yeux son écran, il reprit sa conversation avec Tim.

– Ça y est, je les ai prévenus. La balle est dans leur camp à présent. Dites-moi, je peux vous appeler Tim ?

– C'est mon prénom, c'est fait pour ça.

– Tim, je sais que la journée a été difficile pour vous. Entre l'attentat et cet accident, ça fait beaucoup. Mais j'ai besoin de votre aide sur ce coup-là. Dites-moi pourquoi pensez-vous que cette Timebox va exploser ? demanda-t-il avec une intonation qui rappela à Tim la pub pour les bouteilles de lait.

— Il s'avère que cette Timebox et celle qui a provoqué l'accident du labo sont des copies conformes. Et vos gars sont en train de faire exactement ce que faisait le chercheur juste avant de tout faire péter, alors croyez-moi quand je vous dis qu'il est urgent de ne rien faire.

— Je vous crois à cent pour cent. J'imagine qu'on ne fait pas d'omelette sans casser des œufs dans votre métier aussi. J'espère également qu'ils s'arrêteront à temps. En attendant, pourriez-vous m'expliquer pourquoi une Timebox expérimentale se trouve dans une zone non réglementée et que vous travaillez sur un projet clos ?

— Attendez, je vais vous montrer quelque chose d'intéressant.

Tim fit mine de chercher une tablette dans la pièce voisine et se précipita dans la petite t-box. Il régla immédiatement la compression temporelle au maximum. Celui-là n'allait pas le lâcher et semblait s'évertuer à gâcher son plaisir. Autant le semer à coups de Timebox.

Il reprit là où il s'était arrêté lorsqu'il avait été interrompu et s'accorda quelques heures de détente en dehors du temps avant de faire le grand saut dans l'inconnu. Une fois vidé de toute culpabilité par Sofia et ses amies, il réussit enfin son base-jump en Norvège. Une pizza énorme fut engloutie avec vue sur un coucher de soleil depuis sa plage préférée, celle où il avait rencontré Sophie. Il s'y était promené main dans la main avec une Sofia qui semblait si vraie, si sincère qu'il hésita un moment à ne pas rester quelques journées de plus rien qu'avec elle. Jamais il n'avait envisagé de ressentir autant d'émotions avec une créature numérique. Pas question pour autant de fuir ses responsabilités en se réfugiant dans un paradis artificiel. Après une bonne nuit de sommeil, il était prêt à mourir en kamikaze scientifique pour tenter de

113

sauver son fils.

Avant de lancer le reboot de sa t-box modifiée, il enregistra quelques messages vidéos dont l'envoi serait activé si sa puce d'identité signalait son décès dans les jours suivants. Le premier était à destination de son fils. Pour lui faire un clin d'œil, il imprima et enfila le T-shirt tendance qu'Eilan avait porté le jour de son demi-milliard de secondes – le mot « Mal » était barré et en dessous « Bien » était entouré. Mal barré, bien entouré. Cela résonnait d'une manière étrange à présent.

*Bonjour, Eilan, si tu regardes ce message, c'est que tu es en vie et que je suis mort. C'est bien mieux ainsi que l'inverse. Je n'ai qu'un seul regret, c'est de ne pas avoir passé plus de temps avec toi et de ne pas pouvoir en passer davantage. J'espère que ton opération s'est bien passée et que tu es en pleine forme. Tout ce que j'ai fait, c'était par amour et volonté de bien faire. Alors comme moi, ne regrette rien et profite de la vie jusqu'au bout, comme bon te semblera. Enfin, sache que je suis fier de toi. J'aurais tellement aimé venir à ta soutenance de thèse. J'aurais peut-être pu poser une question débile du genre « C'est quoi, cette bouteille de lait ? » ou « C'est quoi, un astéroïde ? ». Allez, je te laisse continuer ta vie avec une super maman à tes côtés. Prends-soin de toi mon grand.*

Les larmes aux yeux, il continua dans la foulée avec l'enregistrement d'autres messages.

*Bonjour, Sophie, j'ai donc échoué. J'ai travaillé sans relâche ou presque pendant des mois pour mettre au point une Timebox inversée qui aurait été parfaite pour Eilan et l'aurait projeté dans un futur où son opération avait de meilleures chances de succès. À l'heure où j'enregistre ce message, je crois qu'on a découvert cette anti-Timebox et je vais la tester moi-même. Je te passe les détails. Il y a eu des morts à cause de ça. J'espère que l'opération d'Eilan se passera bien. Je lui ai envoyé aussi un message dans lequel je ne parle pas de l'anti-Timebox, il n'a pas besoin de vivre avec ça. Si c'était à refaire, je pense que j'aurais dû quitter mon job pour profiter avec vous deux d'une existence plus simple et plus heureuse. Enfin, c'est trop tard. Profite bien de la vie sans un mari distant et ronchon. Et n'oublie pas de réclamer mon assurance vie, tu pourras exiger que ce soit*

*considéré comme un accident de travail avec un peu de chance et partir
à la retraite sur notre plage préférée.*

Il ne restait plus que son frère.

*Bonjour, Terry, je sais que tu ne voulais plus jamais me parler
alors je viens t'annoncer que ton vœu vient d'être exaucé. Je ne sais
pas si tu es au courant, mais Eilan et moi avons été victimes d'un
attentat. Moi ça va, enfin… ça allait. C'est Eilan qui est à présent
entre la vie et la mort, alors je tente quelque chose pour le sauver.
Comme j'ai échoué, si tu regardes ce message, je voudrais que tu
prennes un peu de temps dans ta vie pour être un meilleur oncle pour
lui que je n'ai été un père ou un frère. Merci d'avance. Je t'ai aussi
mis en pièce jointe un fichier extrêmement sensible avec le contact
d'une certaine Euréka, une petite jeune talentueuse à l'origine de cette
analyse. Elle a croisé des données et découvert l'ampleur des
conséquences des Timebox sur la santé. Je ne sais pas trop comment,
mais tu pourrais l'aider à faire éclater ce scandale sanitaire. En tout
cas, j'aurais bien aimé te revoir et qu'on se raccommode. Tu sais, au
début, j'étais vraiment convaincu que grâce aux Timebox, j'allais
permettre aux gens de prendre le temps de vivre en harmonie avec
eux-mêmes et leurs proches. Comme quoi, rien n'est prévisible dans la
façon dont les humains se servent de la science. Il n'y a rien de logique
ou de rationnel. J'en suis arrivé à un stade avancé de ma carrière et
j'ai l'impression que tout ce que j'ai accompli techniquement n'a eu
que des effets néfastes d'un point de vue social, économique et éthique.
Tu as sûrement raison d'avoir tout laissé tomber. Il aurait mieux
valu ne rien changer dans notre monde. Je crains que ce ne soit trop
tard pour les remords ou les regrets.*

Une fois ces messages enregistrés, Tim passa son index
sur la touche restart et remit à zéro le compteur du
chronomètre digital. Des distorsions apparurent sur
l'écran. La pièce fut plongée dans l'obscurité totale et le
silence. Tous les écrans et les appareils de la Timebox
s'étaient éteints comme si on les avait débranchés du
secteur. Il ne restait que les chiffres lumineux du
chronomètre qui éclairaient la pièce d'un halo rouge. Au
bout de dix secondes à regarder les chiffres rouges défiler,
Tim réalisa que ses calculs étaient basés sur une hypothèse

qui pouvait potentiellement lui coûter très cher si elle s'avérait fausse. Dans son excitation, il avait supposé que l'anti-Timebox allait lui faire passer un million de secondes en quelques secondes vécues. En effet, un peu plus d'un million de secondes s'étaient écoulées dans sa petite t-box trafiquée lors du test précédent, alors que deux millions de secondes s'étaient écoulées dans l'appartement. Mais peut-être que le temps y était simplement divisé par deux ? Auquel cas, il allait avoir le temps de se rendre compte de son erreur en demeurant ainsi dans le néant sans eau ni nourriture pendant des semaines avec comme unique espoir celui que quelqu'un désactive sa Timebox.

Il allait être fixé sur son sort dans moins de cent secondes : 10, 11, 12…

# 50 MINUTES ET 30 SECONDES TERRESTRES RESTANTES

Sous-sols de la tour Kronos, Paris la Défense

La fin justifiant toujours les moyens, Anta n'avait eu aucun mal à convaincre l'hypocondriaque qu'elle était de se servir quelques heures d'affilée d'une Timebox. Qui plus est, elle s'y sentait pour une fois plus en sécurité à l'intérieur qu'à l'extérieur. Elle avait appris plein de bonnes nouvelles sur les astéroïdes et fut agréablement surprise de savoir que la menace d'une catastrophe planétaire provoquée par la collision de la Terre avec un corps céleste était tout à fait réelle. Il y avait en moyenne un impact majeur tous les soixante-quinze millions d'années et cela en faisait plus de soixante-cinq que la Terre avait été épargnée, depuis l'extinction des dinosaures. En plus, Apophis, un énorme grain de sable de trois cents mètres de diamètre, passerait cette année à moins de trente mille kilomètres de l'orbite terrestre. Ce n'était finalement qu'un petit mensonge à l'échelle cosmique, de dix millions d'années ou quelques milliers de kilomètres. L'effet de surprise trouverait sa justification dans le fait que les techniques de détection d'astéroïdes n'étaient pas très fiables. Anta était même tombée sur quelques articles dont l'auteur était le fils de Tim. Elle y apprit avec délectation qu'avec les méthodes actuelles, il n'était pas rare de découvrir très tardivement certains objets cosmiques dont la vitesse de déplacement était très élevée ou qui provenaient du centre du système solaire. Aujourd'hui, un nouvel astéroïde de taille kilométrique allait être découvert comme par hasard, grâce à la méthode d'Eilan. Elle avait déjà trouvé son nom d'après le système de classification. Son bébé s'appellerait LM Titan et il croiserait la Terre dans exactement deux semaines. C'était juste assez de temps pour se débarrasser de cette génération d'emmerdeurs et de s'en mettre plein les poches, avant d'être accueillie en sauveur lorsqu'elle annoncerait avoir réussi à écarter la menace. Elle pourrait alors savourer seule le pouvoir et la gloire.

Pour une fois, elle n'avait aucune envie de déléguer. Même si c'était sa première fin du monde, ce coup de bluff lui paraissait être un jeu d'enfant. Elle n'aurait même pas à mentir. Comme d'habitude, il n'y avait qu'à convaincre un expert indépendant de le faire à sa place. Ses longues années d'expériences dans la communication institutionnelle lui avaient appris quelques principes de bases. Plus un mensonge est gros, mieux la vérité peut se cacher derrière. Plus une nouvelle est mauvaise, plus les gens veulent y croire.

Cette tension faisait resurgir des souvenirs lointains de cour de récréation. Âgée d'une dizaine d'années, elle avait raconté à celui qui avait le plus beau goûter que son petit frère venait de se faire écraser par une voiture devant l'école. Elle avait dû avoir l'air si crédible qu'il était parti en courant en laissant tout derrière lui. Lorsqu'il était revenu, elle avait la bouche pleine de bonbons et était fin prête à lui reprocher de ne penser qu'à la bouffe, alors que son frère avait failli mourir à l'instant.

À présent, c'était une affaire entre elle et tout le reste de l'humanité. Plus tôt ses contemporains apprendront que la fin est proche, mieux ce sera pour elle. Les ultrariches allaient avoir d'autres soucis que leur anti-Timebox. Comme tous ceux qui avaient les moyens de vivre en quelques jours terrestres, ils s'enfermeront comme des hikikomori. Avec le coup de vieux qu'ils allaient se prendre en quelques jours terrestres, ils appartiendraient bientôt au passé et ne représenteraient plus aucune menace. Le steering committee de mardi prochain s'annonçait plus intéressant que le précédent. Elle se voyait déjà faire une grasse matinée pour fêter son annulation définitive.

– Moloch, dès que la fin du monde sera annoncée, fais donc livrer un lot de Timebox à nos chers membres du directoire et demande dès à présent au service des commandes spéciales de réaliser une série limitée avec une apparence de bunker luxe pour eux. Qu'il y ait plein de dorures et toutes les options dernier cri sauf pour le module de compression temporelle. Mets-y donc l'E26, le modèle qu'on n'utilise plus que pour les centres de détention avec des effets secondaires du genre vieillissement prématuré et tumeur cérébrale, ça leur fera une belle jambe.

– La commande vient d'être passée. Les soixante Timebox seront prêtes d'ici trente minutes terrestres.

– Parfait, à présent, rassemble toutes les informations que tu peux trouver sur les profils psycho des patrons du top dix des agences spatiales.

Un ensemble de graphiques et de scores alimentés par toutes les données que les Timebox et les systèmes d'informations collectaient apparut face à Anta. Ed, le patron de la SpaceGuard sortait du lot. Il avait la tête de l'emploi avec son crâne dégarni et son profil de pervers narcissique. En plus, il avait des enfants en bas âge, c'était la meilleure des assurances. Anta sentit qu'elle allait bien s'entendre avec lui avant même d'entendre le son de sa voix. Pour être sûre de ne pas être déçue, elle demanda à Moloch de rerouter un drone près de la Timebox de son interlocuteur.

– Hello, Ed speaking, dit une voix nasillarde

119

– Hi Ed, can we take a couple of minutes to discuss something very important ? Je crois que vous parlez français, non ? demanda Anta.

– Oui, certainement. Cela fait quelque temps que je n'ai pas pratiqué la langue de l'amour. À qui ai-je l'honneur ? répondit-il avec un accent à couper au couteau.

– Peu importe. Ça vous tente de devenir riche et célèbre dans quelques secondes terrestres ?

En vingt minutes de visio, c'était réglé. Elle n'avait même pas eu à le menacer. Il avait rapidement saisi l'intérêt financier et l'impact des retombées médiatiques sur sa carrière. Quant à la falsification des données, il s'était vanté de ne pas en être à son coup d'essai. Le compte à rebours avait commencé. Ed avait une heure terrestre devant lui pour fabriquer des preuves crédibles et faire en sorte qu'un de ses collègues fasse la découverte. Après ça, il n'aurait qu'à envoyer un message au gouvernement américain qui leur demanderait forcément de ne rien dévoiler, sécurité nationale oblige. Bien sûr, Anta faisait en sorte de son côté qu'un pirate informatique soit comme par hasard à l'écoute de leur conversation. Ce serait le meilleur canal de communication pour diffuser la nouvelle. Au rythme où les news se répandaient, cela ne prendrait que quelques secondes terrestres pour que la nouvelle se propage auprès de tous les usagers des Timebox comme une traînée de poudre. De son côté, Anta avait tout juste le temps de faire quelques délits d'initiés pour rendre l'opération encore plus profitable. Elle nota aussi sur son calepin de ne pas oublier de lancer des attaques de drones sur les différents télescopes et agences spatiales en les faisant passer pour des attentats d'eco-warriors, histoire de faire d'une pierre deux coups. Elle n'avait aucune envie qu'une bande d'experts ennuyeux gâche sa grande surprise-partie en essayant de démontrer que la menace n'existait pas. Rien ne semblait pouvoir l'arrêter dans sa folle ascension. Être PDG d'une multinationale n'était finalement qu'un tremplin pour accéder à des responsabilités bien plus importantes. Le monde n'avait pas encore connu de dictateur de sexe féminin. Il était temps qu'une femme laisse son empreinte de talon-aiguille sur la face de l'humanité.

Alors qu'elle était absorbée par le rachat compulsif d'agences spécialisées dans le voyage spatial, Moloch l'interrompit de sa douce voix grave pour lui demander de répondre à un appel urgent du poste sécurité.

— Bonjour, Madame la présidente. Ici votre responsable sécurité. Je sais que vous avez un emploi du temps chargé, mais je souhaitais pouvoir m'entretenir avec vous afin de vous informer d'un certain nombre d'incidents récemment survenus et pour le moins des plus…

— Allez droit au but.

— Bien, le directeur de l'innovation m'a dit qu'il devait se rendre aux toilettes et depuis, il a disparu, tout comme une autre de ses collègues.

— Vous m'appelez juste pour me dire que Tim a chopé une gastro ?

— Non, je ne me serais pas permis. Il y a eu une explosion dans le laboratoire puis ces disparitions. Tout cela semble avoir un lien avec un projet nommé TITAN. Êtes-vous au courant ?

Anta regarda sur son écran de communication le statut de Tim. Il était déconnecté et était dans son t-appartement lors du dernier relevé. Elle demanda à Moloch d'appeler Tim dès qu'il serait en ligne et reprit la conversation avec Serge.

— Tout ce qui tourne autour du projet TITAN est confidentiel. En ce qui concerne Tim, je ne m'inquiéterais pas trop. Il est juste un peu têtu et passionné, c'est un grand enfant qui s'amuse avec des choses quelques fois dangereuses. Allez-le chercher dans son appartement et mettez-le au frais pendant une heure dans une de ces salles d'attente non temporisées avec une télé réglée sur la chaîne de news en continu. Je suis sûre qu'il ne vous causera plus de soucis en ressortant. Et n'oubliez pas que votre priorité, depuis que vous avez laissé un attentat se produire dans ma tour, c'est d'assurer ma protection contre les menaces extérieures et les drones. Je vous recommande donc vivement de ne pas vous disperser et de tenir vos hommes qui gardent l'immeuble sur le qui-vive.

– Oui, Merci pour votre…

Serge n'eut pas le temps de finir sa phrase qu'Anta avait déjà raccroché. Elle eut à peine le temps de racheter quelques milliers de parts de DEAS que Moloch l'interrompit à nouveau. Tim était de nouveau en ligne.

# AU MEME INSTANT

Sous-sols de la tour Kronos, Paris la Défense

88, 89, 90...

Tim n'en menait pas large. Si rien ne se passait d'ici dix secondes, il allait certainement y rester longtemps. Alors qu'il tâtonnait dans le noir pour vérifier s'il n'avait pas oublié une bouteille de Pina Colada derrière son siège, un bruit se fit entendre suivi d'un grand flash. La tête d'Anta apparut aussitôt devant lui. Elle avait l'air furieuse. Il n'avait jamais été aussi heureux de la voir.

– Tim ? Tout le monde te cherche.

– Oh, bonjour Anta, tu ne peux pas savoir comme je suis content de te voir, répondit-il en se protégeant les yeux avec les mains et la bouteille vide qu'il venait de trouver, ébloui par le changement de luminosité.

– C'est quoi, ces histoires d'explosion dans le labo ? Tu es saoul ou quoi ?

– Ah oui, j'allais t'appeler pour t'en parler. Et non, je suis sobre. C'est un incident regrettable, mais j'ai fait le nécessaire pour que cela ne se reproduise plus. Je parle du premier accident de travail mortel qui se produit dans mon équipe. Même si je reste en dessous des statistiques des autres départements, j'irai rendre visite à leurs familles pour leur présenter mes excuses et expliquer les circonstances tragiques de l'accident.

Anta se dit que si elle faisait un tel mea-culpa à chaque mort, ce serait un boulot à plein temps. C'est la différence entre l'indifférence des winners et la fragilité sentimentale des losers comme Tim.

– J'ai entendu dire que tu avais réussi à mettre au point l'anti-Timebox. C'est un peu tard mais toutes mes félicitations ! Au moins, ils ne sont pas morts pour rien…

Le ton qu'employait Anta rappela à Tim celui du petit déjeuner collaborateur qu'elle avait organisé avec du personnel sélectionné soit disant au hasard. Elle savait très bien jouer le rôle de la gentille quand il fallait pour faire avouer des secrets à des personnes trop naïves. Entre deux tasses de thé au lait, elle leur avait dit sur un ton rassurant qu'elle savait comment ça se passait, qu'elle avait été chef de projet dans son temps et avait systématiquement surestimé le nombre de jours-hommes nécessaires pour être sûre de ne pas le dépasser. Tout le monde acquiesça en souriant lorsqu'elle conclut qu'il était plus simple de faire tourner à vide des camions pour devenir le champion de l'estimation précise que de démarrer un moteur sans essence. Les chefs de projets présents étaient ravis de retrouver en Anta quelqu'un qui comprenait leur univers et l'un d'entre eux avait commencé à raconter les pratiques de son service sur un ton léger. Il avait déchanté à la fin lorsqu'elle était revenue vers lui avec un tout autre ton, demandant noms, dates et détails. Elle savait que Tim travaillait sur l'anti-Timebox puisqu'il le lui avait dit lui-même. Mais il était impossible qu'elle sache si l'anti-Timebox avait vu le jour ou non. Tim n'était pas dupe. Elle prêchait le faux pour savoir la vérité. Pas question de tomber dans le panneau.

Pendant qu'il cherchait une réponse adéquate, son bracelet émit une vibration : son score santé s'afficha et était resté parfaitement stable dans sa médiocrité. Il n'avait plus qu'à y mettre son fils à son tour et il pourrait lui faire passer plus de vingt jours terrestres par seconde vécue. En plus, Eurêka devait être de nouveau disponible et elle pourrait sûrement ajuster son programme pour faire de plus grands sauts dans le temps. Il était presque arrivé à ses fins. Ce n'était pas le moment de tout foutre en l'air avec une réponse honnête à Anta. Il se força à reprendre une mine dépressive et chassa la joie qui l'avait envahi quelques secondes plus tôt pour répondre à Anta :

— Non, je ne sais pas qui t'a dit ça parce qu'on est loin d'avoir fini. On a quelques pistes encourageantes, mais rien de concret. Je viens de faire un test et comme tu vois, j'ai passé plus de deux heures dans cette foutue Timebox pour ressortir cent vingt-deux minutes plus tard. Pas très utile, non ?

— Bon, alors, arrête de gaspiller des ressources et ta salive. Au prochain incident je coupe tout, ton accès Timebox, ton budget, ton badge, ton job, tout ! DEAS n'est pas une entreprise philanthropique et il est temps que tu arrêtes de n'en faire qu'à tête ! s'énerva Anta, avant de changer de ton pour demander comment allait son fils en espérant que les nouvelles ne soient pas bonnes, cela ferait un astrophysicien de moins à éliminer.

— Je te remercie de demander de ses nouvelles. Il est toujours inconscient et on attend son opération. Finalement, c'est sûrement la meilleure option.

— OK, Tiens-moi au courant. Et dis-moi dès que l'opération sera terminée, surtout si c'est une bonne nouvelle ! Et prends soin de toi également, on dirait que tu as pris dix ans. D'ailleurs, Serge va te rendre une petite visite pour s'assurer que tu vas bien. Ne bouge pas de chez toi, il est en chemin.

— Pas la peine ! Je suis en pleine forme, regarde mon score santé, rétorqua-t-il en approchant son bracelet de l'écran. Dis-lui de ne pas se déranger, je vais l'appeler pour m'excuser. Je lui ai carrément raccroché au nez. Mais tu sais, il peut être vraiment agaçant quand il s'y met. Allô ? Anta ?

Anta avait encore raccroché sans prévenir. Tous les deux purent enfin arrêter leur cinéma et Tim souriait à nouveau. Il enfila son téléphone oreillette et mit dans sa poche une carte mémoire contenant le programme de l'anti-Timebox. Mieux valait ne pas être chez lui quand les agents de sécurité arriveraient. Il sortit de chez lui et courait à petites foulées sur le tapis roulant du couloir de son étage lorsqu'il entendit l'ascenseur s'ouvrir. Deux silhouettes apparurent et s'élancèrent dans sa direction. Tim s'arrêta de courir et marcha nonchalamment jusqu'à la fin du tronçon avant de se jeter dans la première Timebox disponible faute de mieux. Une fois à l'intérieur, il put réfléchir à une stratégie. Rien ne servait de courir ou de se cacher à moins d'extraire sa puce d'identité de son bras sans quoi ils sauraient exactement où le trouver. Tim se savait ni bon chirurgien ni résistant à la douleur. Tout ce qu'il arriverait à faire serait de s'évanouir et les portes de sa Timebox s'ouvriraient pour laisser entrer ses poursuivants. Mieux valait les affronter par voie diplomatique et bureaucratique. C'était un terrain qu'il avait bien plus pratiqué que la course à pied. Après tout, que risquait-il ? Répondre à des questions embarrassantes, au pire avoir une mise à pied ou être licencié ? Ils n'avaient pas le droit de le garder contre son gré. À moins que ces barbares n'utilisent pas de Timebox pour leur interrogatoire, personne ne pourrait l'empêcher de rejoindre son fils à temps. Il lui restait plus de vingt minutes terrestres pour aller à l'hôpital avant que l'opération d'Eilan ne doive débuter. Tim pouvait voir au loin les corps des deux individus suspendus dans leur course en collant son nez contre la porte. Il était prêt à prendre une grande respiration et à appuyer sur le bouton d'ouverture lorsque son oreillette sonna, lui indiquant un appel masqué. Il décrocha en pensant avoir Anta ou Serge au bout du fil.

– Tim, c'est Eurêka. Je vous avais bien dit que vous faisiez fausse route. Moi, je viens de passer quelques secondes dans une anti-Timebox !

— Oui, je sais ! Bravo ! Je l'ai essayée moi-même, un million de secondes extérieures pour cent secondes. C'est incroyable le programme que tu nous as pondu. Tu ne peux pas savoir comment ça me rend heureux. As-tu fait un scan santé ?

— Ne vous inquiétez pas pour moi, je vais très bien. Comment êtes-vous déjà au courant ?

— Nous seulement je suis au courant, mais il y avait même une équipe d'agents de sécurité devant ta porte, prêts à tout faire péter. C'est qu'on s'inquiétait de ne plus avoir de signe de vie ou de mort de toi ! Heureusement, je les ai arrêtés à temps.

— Vous êtes complètement parano chez DEAS ! En tout cas, je suis repassé en mode Timebox normal comme vous pouvez le voir donc on a tout le temps de se parler. En particulier, j'aimerais qu'on échange sur mon rapport relatif aux conséquences sanitaires d'une sur-utilisation des Timebox pour commencer.

— Franchement, j'ai d'autres problèmes à régler…

— Mais enfin, c'est un truc énorme, vous ne pouvez pas faire comme si de rien n'était. Vous êtes un des directeurs ! Qu'est-ce que vous pouvez avoir de plus important et d'urgent que la vie de millions d'utilisateurs !

— Écoute, Eurêka, mon fils a été blessé dans l'attentat de ce matin. Il va peut-être mourir si je n'arrive pas à le mettre dans moins de trente minutes dans une anti-Timebox.

— Oh, désolée. Toutes mes condoléances… Enfin, non pardon ! Je veux dire, bon rétablissement à lui. Je comprends mieux pourquoi vous étiez bizarre ces derniers temps. Vous auriez pu nous dire que TITAN, c'était pour sauver votre fils.

— J'agis contre la volonté d'Anta alors c'est un peu délicat. D'ailleurs on a reproduit ta version au labo et le résultat a été explosif pour ainsi dire.

— Excusez-moi, mais pour revenir à votre fils, comment vous pouvez savoir si l'anti-Timebox n'aura pas un effet encore plus négatif sur lui ? Regardez l'impact des Timebox normales sur la santé à forte dose. Son cas est-il vraiment désespéré ?

— Seulement soixante pour cent de chances de survie si je n'interviens pas, je préfère courir le risque des effets secondaires d'une anti-Timebox plutôt que celui d'une opération.

— Après tout, c'est votre problème si vous voulez utiliser votre fils comme un cobaye. Moi, je peux vous aider à paramétrer son anti-Timebox correctement, mais j'aimerais avoir votre parole que vous allez ensuite m'aider à faire éclater le scandale des effets négatifs des Timebox.

— OK, marché conclu. Je t'avoue que je ne comprends rien au code que tu as écrit alors ton aide ne sera pas de refus. Et je ne sais pas du tout quand je pourrai te renvoyer l'ascenseur. Je ne suis pas dans une situation qui m'est très favorable actuellement. Là, par exemple, j'ai deux agents de sécurité qui sont à ma poursuite, à quelques mètres de ma Timebox. D'ailleurs, saurais-tu pirater le système de géolocalisation temporelle ?

— Vous me prenez pour une débutante ou quoi ? Il a bien fallu que je m'occupe pendant neuf mois cachée dans une Timebox Gare de Lyon ?

— Super. Il faudrait que tu ajoutes quelques lignes dans mes données de géolocalisation pour qu'ils croient que je suis reparti en courant jusqu'à mon appartement. Et si tu pouvais aussi désactiver ma Timebox sans que les portes s'ouvrent, ce serait parfait.

— OK, on va commencer par désactiver votre puce. Ne vous inquiétez pas, ça ne fait pas mal.

Au bout de quelques minutes, Tim entendit un bruit autour de lui et vit à travers la porte les deux hommes reprendre leur course. L'un deux appuya sur son oreillette et l'autre regardait sa montre.

Serge s'époumonait en criant sur son micro :

— Mais il est là, juste devant vous ! Il se déplace très rapidement. Vous ne pouvez pas le louper !

Les agents de sécurité accélèrent le pas et passèrent devant la Timebox inactive dans laquelle Tim se cachait. L'un d'eux répondit qu'il n'y avait personne dans le couloir.

D'après le système de surveillance, la cible venait de rejoindre son appartement.

Tim ressortit discrètement et se dirigea en rampant vers le tapis roulant qui l'emporta rapidement jusqu'à l'ascenseur sans qu'il ait à relever la tête. L'ascenseur l'amena jusqu'au rez-de-chaussée où il put se remettre à marcher normalement en direction du tourniquet de l'entrée principale. Des militaires s'agitaient de toutes parts à l'extérieur. Bien qu'il eût des tendances paranoïaques, il se rassura en se disant qu'il ne pouvait être à l'origine d'un tel déploiement de force. Dans l'indifférence générale, il parcourut le parvis en cherchant comment rejoindre au plus vite l'hôpital. Pendant qu'il hésitait entre le taxi et le train, il vit une ambulance stationnée devant la porte de secours et un infirmier qui poussait un brancard à l'intérieur. Il courut vers le véhicule. Il reconnut un des membres de son équipe. Celui qui s'était pris le project board sur la tête était allongé dans la civière.

— Excusez-moi, est-ce que vous allez à l'hôpital Necker ? demanda-t-il au brancardier.

— Oui, pourquoi ? répondit l'homme en blouse.

— J'aimerais vous accompagner, je suis le chef du blessé.

Le jeune laborantin était bien amoché, mais eut assez d'énergie pour relever ses sourcils dans un signe d'étonnement avant de retomber dans les vapes. De la patafix était collée dans ses cheveux et du sang coulait de ses oreilles.

Tim se serra contre l'infirmier et l'ambulance partit en trombe sans conducteur.

— Vous croyez qu'il va s'en sortir ? demanda Tim à son voisin en pensant plus à Eilan qu'à son collègue.

— Ça devrait aller, il a juste quelques commotions dues au choc et des coupures peu profondes.

– Dites-moi, vous avez quelque chose de prévu après ce trajet ?

– C'est à dire que j'ai déjà un partenaire, répondit l'infirmier d'un air légèrement offusqué.

Tim remarqua que la blouse de son interlocuteur était bien moulante.

– Ah non, je ne voulais pas vous draguer surtout. En fait, il s'agit juste d'un petit service rapide que je suis prêt à rémunérer.

– Comment osez-vous ? Pour qui me prenez-vous ? Je ne suis pas un gigolo, s'indigna l'interlocuteur de Tim.

– Ce n'est pas possible. On ne va pas y arriver. J'ai besoin de l'ambulance, pas de vos faveurs. Est-ce que vous pourriez simplement me ramener à la tour après ?

– Ah, je préfère ça ! Pourquoi pas, j'y retourne après pour chercher d'autres patients, mais je ne suis pas un taxi.

– C'est pour mon fils, qui est malheureusement un patient de l'hôpital. Il faudrait le ramener en urgence à la tour. Votre prix sera le mien.

– Laissez-moi réfléchir. En général, les urgences se font dans l'autre sens, ce n'est pas courant ce que vous me demandez là. En théorie, le système ne devrait pas autoriser votre demande. Mais vu que vous êtes sur un itinéraire programmé pour une autre intervention, personne n'a besoin de valider quoi que ce soit. Si je peux vous rendre service pour quelques bitcoins…

– OK, cinq bitcoins pour le trajet et cinq de plus si vous venez en brancard chercher mon fils dans sa chambre.

– Ça roule. Give me five !

Leurs mains claquèrent ce qui, à entendre son gémissement, réveilla de mauvais souvenirs chez le blessé jusqu'alors endormi.

# 30 MINUTES TERRESTRES RESTANTES

Paris

Tim et son acolyte en blouse blanche étaient en route pour la chambre d'Eilan. Dans les couloirs de l'hôpital, Tim se souvint qu'il avait oublié de rappeler sa femme. Son travail l'avait accaparé mais ne pas avoir le temps n'était plus une excuse valide avec les Timebox. Sophie apparut devant eux à quelques mètres du but.

Pendant la première minute de retrouvailles, Tim n'eut pas à dire grand-chose. Une avalanche d'insultes et de coups simulés se déversa sur lui. Après cette première vague passée, Tim put lui annoncer la bonne nouvelle : il avait mis au point une Timebox inversée qui allait permettre à Eilan de faire un saut dans le futur pour rejoindre un moment où la science et les circonstances seraient toutes réunies pour être sûr de réussir son opération. Ce fut le moment que choisit le brancardier pour annoncer son intention de les laisser tomber. Tim dut laisser Sophie pour courir derrière l'homme en blouse. Il en fut réduit à renégocier les termes du contrat. Les bitcoins et le titre indiqué sur la carte de visite de Tim surent ramener l'ambulancier sur le droit chemin. Par contre, Sophie était loin d'être aussi facile à convaincre.

Il entreprit alors de lui démontrer scientifiquement que si elle s'entêtait à maintenir l'opération, elle avait deux fois plus de chances d'assister à la mort d'Eilan que de gagner ne serait-ce qu'un bitcoin au loto, ou bien qu'Eilan devait mourir plus de sept millions de fois en moyenne avant qu'elle n'empoche le gros lot. Les statistiques ne faisaient pas mouche. L'idée d'échouer si près du but à cause d'une personne qui partage sa vie et le même amour pour leur fils était insoutenable. Tim s'emporta et se déclara prêt à mourir pour sauver son fils. Il n'avait pas travaillé comme un forcené et risqué sa vie pour abandonner un plan parfait de son vivant. Il promit à Sophie que c'était la meilleure solution.

Après un bon moment d'hésitation, Sophie se déclara éventuellement prête à accepter à deux conditions : elle voulait voir de ses propres yeux une preuve de l'existence des anti-Timebox et faire partie du voyage jusqu'au bout. Tim protesta en rétorquant que ce n'était ni le lieu ni le moment pour faire un test et il insista sur le fait que Eilan devait être placé dans une anti-Timebox le plus rapidement possible. Face à l'obstination de sa femme, il se résolut à rappeler Eurêka pour lui demander de reconfigurer une t-chambre d'hôpital en anti-Timebox pendant que Sophie et l'ambulancier allaient chercher Eilan. Le modèle de Timebox qui équipait les chambres n'était pas très récent et Eurêka dut faire quelques adaptations au programme. La durée du saut ne pouvait être que de dix minutes, ni plus, ni moins.

Lorsque Tim revit son fils, il eut un choc. À force de regarder des vidéos où son fils était encore jeune, il avait presque oublié qu'Eilan n'avait plus quinze ans. C'était comme si l'un d'entre eux avait été dans le coma depuis dix ans. Au son de sa voix, son fils lui adressa un regard furtif avant de se rendormir sans prononcer un mot.

La miniséance de saut dans le futur fut organisée dans

une t-chambre du couloir. Tim, Sophie et Eilan entrèrent ensemble dans la t-box modifiée. Pendant les trois secondes que leur séance devait durer de leur point de vue, le brancardier n'avait qu'à les attendre devant la porte. Sophie jeta un coup d'œil à l'horloge du couloir. Il était alors 12:27:31 lorsque les portes se refermèrent derrière eux trois.

Ils n'eurent que le temps de se retourner dans le sens de la sortie avant que les portes se ré-ouvrent. Il n'y avait plus personne devant la porte et des éclats de voix résonnaient dans le couloir. Tim fanfaronna en pointant du doigt l'horloge : 12:37:32. Il demanda à Sophie si elle était prête à lui faire entièrement confiance. Elle se pencha par terre et ramassa un badge dont la photo était celle du brancardier. Il était visiblement parti en laissant par terre les clés de l'ambulance.

Tim passa la sangle autour de son cou et se mit à pousser avec Sophie le brancard de leur fils le long du couloir. Des groupes de personnes courant vers la sortie les bousculèrent. Leur progression en direction du parking s'avérait de plus en plus difficile. Des patients et des employés de l'hôpital couraient dans tous les sens pendant que d'autres étaient prostrés dans un coin, comme s'ils venaient d'apprendre qu'ils étaient atteints d'une maladie incurable. Seuls les plus malades avaient retrouvé le sourire et semblaient fêter une bonne nouvelle.

À midi trente-huit, Eilan était enfin installé dans l'ambulance en route vers la tour Kronos. Tim et Sophie s'étaient installés dans l'ambulance autour de lui et chacun d'eux serrait silencieusement une des mains inanimées de leur fils. Sophie gardait un œil sur le visage de son fils et un autre sur l'écran biomédical pour ne pas perdre une goutte de chaque infime variation des constantes vitales. Le regard de Tim était fixé sur la route. Il repensait à l'étrange atmosphère de l'hôpital tout en essayant de trouver le lieu idéal pour installer une anti-Timebox en secret pendant plusieurs mois voire plusieurs années. Il n'avait même pas pris le temps de lire une seule des nombreuses alertes que le système de navigation autonome avait levées avant d'autoriser la prestation en dégageant la responsabilité des parties concernées par ce trajet. L'ambulance filait sirènes hurlantes à travers les rues de Paris en direction de la Défense. Ils avaient effectué plus de quatre-vingts pour cent du trajet lorsqu'ils passèrent en dessous de l'une des rares passerelles piétonnes. Un projectile vint s'écraser sur le capot. Programmé pour rejoindre le lieu le plus proche de stationnement en cas de choc, le véhicule s'immobilisa immédiatement sur la bande d'arrêt d'urgence. La sirène s'arrêta et un message pré-enregistré fut diffusé à l'intérieur de l'ambulance :

*Un événement inattendu vient de se produire. Merci d'autoriser l'accès à vos données d'assurances pour continuer le processus de reprise du fonctionnement nominal.*

Un pavé s'écrasa sur le capot suivi d'une multitude de projectiles en tous genres. Ils heurtèrent la voiture avec fracas. Tim se précipita à l'avant du véhicule et fut pris de panique devant ce tableau de bord sans bouton, molette ou volant qui lui parlait d'assurances. Son avant-bras vibra de deux coups brefs. Il devait autoriser une entreprise tierce à consulter ses polices d'assurances. Lorsqu'il appuya sur le bouton vert qui venait de pousser sous sa peau, la voiture s'adressa de nouveau à lui :

*Nous nous efforçons de traiter votre demande dans les plus brefs délais. Les procédures de collecte des données sont en cours. Veuillez attendre les résultats de l'analyse.*

Une bouteille de lait à moitié pleine et un œuf vinrent s'écraser au milieu de la vitre. Les essuie-glaces se mirent automatiquement en marche et réussirent à recouvrir uniformément d'une épaisse couche de matière grasse le champ de vision du conducteur absent.

*L'estimation de votre temps d'attente sera disponible dans une durée indéterminée. Veuillez patienter s'il vous plaît.*

Ce message fut suivi d'une pause publicité pendant laquelle Tim et Sophie eurent tout le loisir de sursauter à chaque impact. Avec Eilan, ils étaient condamnés à rester à l'intérieur de l'ambulance tant que le bout de tôle au-dessus de leur tête tenait bon. Une réclame vantant les mérites d'une nouvelle pilule anti-stress se fit entendre. C'est le moment que choisit Tim pour perdre son sang-froid. Il appuya frénétiquement sur tous les boutons avant de taper à coups de poing sur le tableau de bord tactile. Il se fit rapidement rappeler à l'ordre.

*Un comportement irrégulier a été détecté à l'intérieur du véhicule. Veuillez-vous asseoir en attendant l'arrivée des forces de l'ordre.*

Tim se mit à donner des coups de pied faute de trouver une meilleure idée et se fit mal. Sophie vint s'interposer pour arrêter le massacre :

– Bon sang, Tim, arrête ! Garde tes forces pour nous sortir de là ! Je n'aurais pas dû t'écouter, dans quelle galère tu nous as embarqués encore !

Alors que Tim cherchait quoi répondre à sa femme, son oreillette sonna pour le prévenir d'un appel d'Anta. Il n'avait jamais eu autant besoin d'aide et elle aurait eu l'occasion de lui rendre la monnaie de sa pièce en le sauvant à son tour. Pourtant, pour la première fois de sa carrière, il ne décrocha pas. Il avait autant besoin d'elle pour emmener Eilan dans une anti-Timebox que d'huile pour éteindre un feu. Profitant d'une accalmie passagère de projectiles, il entrouvrit les portes arrière et risqua un bout de tête dehors. Son sang ne fit qu'un tour lorsqu'il aperçut à quelques mètres de lui un homme occupé à siphonner le réservoir de l'ambulance. Le voleur de carburant fut tout aussi surpris et prit la fuite avec son bidon tandis que Tim refermait les portes avec précipitation. À travers les fenêtres, il le suivit du regard jusqu'à ce qu'il ait rejoint sa bande sur le trottoir d'en face. Des bouteilles vides et des chiffons saluaient l'arrivée du bidon d'essence. Il tenta de mettre la tête dehors pour leur gueuler d'arrêter leurs conneries, qu'il y avait un enfant blessé à bord. Un crachat vint s'écraser sur son front ce qui le força à se remettre à l'abri. Son téléphone n'arrêtait pas de sonner.

Apparemment, Anta n'appréciait pas son indisponibilité.

– Vite, il faut qu'on se tire de là tout de suite ! Je crois qu'ils vont nous balancer des cocktails Molotov ! cria Tim à Sophie en essayant de débloquer la civière.

Alors qu'ils ouvraient en grand les portes pour s'enfuir en poussant le brancard, une boule de feu recouvrit l'espace autour d'eux et le souffle les projeta à l'intérieur de l'ambulance. Le son d'une sirène déformée par la vitesse recouvrit celui des cris d'une foule à l'agonie. Un drone avait fait place nette tout autour d'eux. Tim descendit de l'ambulance pour scruter les alentours. À sa grande satisfaction, la route était déserte et les alentours n'étaient plus qu'un amas fumant de débris. Le drone repassa en trombe à quelques mètres d'altitude. Tim ne put s'empêcher d'applaudir à son passage et se mit à danser avec ses deux bras à l'horizontale comme un avion. Enfin, les choses recommençaient à rentrer dans l'ordre avec ce drone qui les avait sauvés plutôt qu'attaqués. Il se demanda si Anta était derrière leur sauvetage et faillit perdre l'équilibre lorsque son téléphone se mit à vibrer à nouveau.

# 15 MINUTES TERRESTRES RESTANTES

## Bourgogne

Terry conduisait à toute allure un 6x6 surpuissant le long des routes calmes et sinueuses du Morvan. Il s'était tout de même accordé une courte pause lorsqu'il était passé à proximité d'un de ses panoramas préférés afin de se ressourcer, assis dans l'herbe, à contempler la silhouette lointaine du mont Blanc. C'était tout de même mieux qu'un fond d'écran, pensa-t-il avec un brin d'herbe dans la bouche. Se rapprochant d'une petite ville tranquille de quelques milliers d'âmes, il se fit doubler à plusieurs reprises par des petites berlines autonomes qui semblaient encore plus pressées que lui. Les drones s'étaient répartis en plusieurs groupes pour brouiller les pistes. Une poignée d'entre eux étaient restés en contact visuel avec le véhicule de Terry et s'étaient déployés à une altitude suffisante pour sécuriser discrètement son arrivée en ville. Il lui fallait à présent trouver une Timebox afin de pouvoir souffler un peu et organiser tranquillement la suite des événements. Une fois passé le panneau signalisant l'entrée dans la commune, il fut forcé de ralentir à cause d'une foule agglutinée le long de la route. Certains n'hésitaient pas à manifester leur débordement d'énergie en essayant de stopper son véhicule. Avaient-ils eu vent de son évasion ? Ou bien la population s'était-elle enfin décidée à s'insurger contre l'armée pour se venger des victimes collatérales ?

C'est donc à coups de klaxon que Terry se fraya un chemin à travers les rues remplies de gens énervés. Les portes des magasins étaient fermées, les volets électriques se rabattaient tandis que des gens en costume quittaient leur bureau pour grossir les bouchons de voitures sans chauffeur en direction de la périphérie. Les rares magasins encore ouvertes avaient un succès fou auprès des ménagères de touts âges qui vidaient les rayons à coups de caddie. Il y avait des regroupements monstres devant tous les endroits équipés de Timebox, en particulier autour des boutiques qui vendaient des Timebox ou des forfaits. Des bagarres avaient éclaté autour des t-box publiques de la place principale. C'est dans l'une d'entre elles que Terry comptait se rendre avant que les micro-drones qu'il avait ingérés ne se régalent de ses organes vitaux.

Garé dans une rue épargnée par le désordre ambiant, il se dirigea avec tout son arsenal vers la plus proche Timebox en suivant l'itinéraire indiqué par les lunettes GPS à réalité augmentée trouvées dans la boîte à gants. À peine eut-il parcouru une trentaine de mètres qu'une poignée de jeunes gens tentèrent d'ouvrir les portes du véhicule qu'il avait lui-même volé. Alors qu'ils hésitaient à prendre la fuite en le voyant se retourner, il leur lança les clefs en espérant qu'ils s'en servent. Si quelqu'un conduisait la voiture à sa place, cela lui serait bien utile pour brouiller les pistes de son évasion. En guise de remerciements, il entendit le moteur rugir derrière lui et dut se coller au mur pour ne pas se faire renverser. Quelques mètres plus loin, il croisa un vieillard naturiste qui gueulait à tue-tête que l'heure du Jugement dernier était venue et que tout homme devait comparaître dans son plus simple appareil devant le regard impartial de Dieu. Pas du tout impressionné par la vue d'un homme en armes, il se mit à réciter une belle tirade qui rappela des souvenirs de terminale à Terry.

— Et la terre entière, hurla-t-il d'une voix éraillée, continuellement imbibée de sang, n'est qu'un autel immense où tout ce qui vit doit être immolé sans fin, sans mesure, sans relâche, jusqu'à la consommation des choses, jusqu'à l'extinction du mal, jusqu'à la mort de la...

Le vieil homme n'eut pas le temps de finir sa phrase : il s'effondra au passage de Terry qui avait oublié de désactiver son bouclier de micro-drones. Terry se jeta à ses côtés et tenta un massage cardiaque. À chaque compression, il entendait des os craquer et des larmes de sang s'échapper des yeux du pauvre homme. Pour la première fois de la journée, Terry eut vraiment l'impression d'avoir tué quelqu'un ou du moins ce qu'il en restait. La fin de la citation lui revenant, il s'empressa de finir à haute voix la phrase inachevée de sa victime, en guise d'extrême onction :

— Jusqu'à la mort de la mort, Monsieur.

Il était inutile de perdre plus de temps à ressusciter un macchabée. Après tout, il était devenu un terroriste endurci à présent, ce n'était pas la mort d'un vieillard sénile qui allait lui faire perdre son sang-froid.

Cinquante mètres avant d'atteindre sa destination, Terry déboucha sur un large boulevard où une bande de jeunes avançaient sur le trottoir d'en face. Ils se déplaçaient comme une colonne de fourmis légionnaires en emportant tout sur leur passage. Les devantures des magasins étaient saccagées au fur et à mesure de leur progression, du matériel en sortait. Tous ceux qui croisaient leur chemin se voyaient dépossédés de leurs affaires. Trois gamins du gang des visières de casquettes coupées avaient traversé la rue sans regarder pour s'en prendre à une grand-mère asiatique qui ne semblait pas comprendre ce qui se passait autour d'elle. Sourde comme un pot, elle ne sursauta même pas lorsque Terry tira une salve en l'air en se rapprochant des jeunes pour leur expliquer les notions de base du respect envers les personnes âgées. Les gamins se précipitèrent vers leurs copains en proférant de nombreuses insultes clairement homophobes et anti-super-héros. Il leur répliqua que racaille était un nom féminin alors que même pédé était masculin. Puis il leur recommanda vivement d'enlever leur tampon des oreilles et de se retirer les doigts du cul à l'école s'ils voulaient un jour comprendre l'énormité des conneries qu'ils sortaient. Il était le terroriste le plus recherché de la planète, il y avait des choses que les autres ne devaient pas pouvoir se permettre envers lui dorénavant. Mais aucun d'entre eux ne semblait impressionné et certains, armés, osèrent le mettre en joue. À leur l'âge, c'était avec des boulettes de papier mâché que Terry se battait. Les temps avaient changé. Il leur fit des grands gestes en leur criant qu'ils allaient tous se faire tuer. Ils prirent cette mise en garde pour une insulte supplémentaire et l'un deux ouvrit le feu. Le trottoir fut criblé de balles et le souffle d'une explosion jeta au sol Terry et la retraitée. Aux quatre coins de la planète, il y avait des gamins ravis d'avoir pu dégommer un groupe entier de petites frappes qui d'ordinaire leur menaient la vie dure et faisaient la loi à l'extérieur. La mémé se releva plus vite que Terry et alla constater d'elle-même l'étendue des dégâts. Elle leva les deux bras en l'air par-dessus son dos courbé et les laissa retomber avant de reprendre sa route. Arrivée au niveau de Terry, elle lui dit sans intonation particulière :

– Merci monsieur, vous êtes bien aimable.

Terry poursuivit son chemin ne sachant plus trop où il en était. Mis à part une étourderie qui avaient coûté la vie à un vieillard sénile, il n'avait fait qu'assurer sa survie. La mort des soldats ne comptait pas vraiment. N'étaient-ils pas encore plus motivés que lui à l'idée de se sacrifier sur un champ de bataille ? Par contre, les civils, aussi demeurés soient-ils, n'étaient pas censés venir grossir le rang des victimes collatérales. Même s'ils l'avaient bien cherché. Le sang avait coulé encore une fois par sa faute. Lui qui avait toujours été révolté par le nombre d'enfants et de personnes innocentes tués par des drones dans des opérations militaires, c'était le comble…

Tous ces cadavres commençaient à peser lourd sur son estomac de misanthrope végétarien. Il dut s'arrêter pour vomir les deux croissants pur beurre de son petit déjeuner avant de reprendre sa route en direction d'une Timebox précédée d'une énorme file d'attente. Une vingtaine de personnes se chamaillait en jouant des coudes pour conserver leur ordre d'arrivée. Depuis qu'il avait quitté le monde moderne, les Timebox s'étaient multipliées comme les métastases d'un patient en phase terminale. Il y en avait à présent partout, de toutes les tailles, de toutes les couleurs et pour tous les usages. Chacun pouvait ponctuer sa journée de petits moments d'éternité. Dans les maisons, les bureaux, les magasins, les hôtels-restaurants et à chaque coin de rue, partout. Celle que Terry convoitait était un modèle récent disposant d'une bonne compression temporelle et d'aucune limite de temps d'utilisation grâce à son forfait piraté. Question design, elle ressemblait à peu près au croisement entre une cabine téléphonique anglaise et une sanisette parisienne sans l'odeur d'urine et de Javel. Un condensé d'équipements high-tech l'y attendait. Lorsque Terry s'approcha, il y eut un mouvement d'agitation qui se calma aussitôt qu'il prit sa place au bout de la queue. Il n'y avait plus qu'à se faire oublier en espérant que ses drones parviennent à garder leur calme. Passer devant tout le monde était au-dessus de ses forces. Il lui restait tout de même quelques principes. Terry tenta de savoir ce qui se passait en s'adressant timidement à ses voisins. Tous semblaient avoir fait vœu de silence et tournaient la tête afin d'éviter son regard. Était-ce son look de super-héros ou son haleine de bouc ? Il dut se contenter d'observer cet étrange manège. On aurait dit que tout le monde était devenu accro aux Timebox et attendait son tour pour recevoir sa dose. Lui aussi trépignait d'impatience, pour d'autres raisons. Quelques mètres le séparaient de l'entrée de la Timebox. Toutes les secondes, la colonne avançait comme un mille-pattes d'un petit pas minuscule qui se propageait tout du long. Dès que quelqu'un entrait dans la Timebox après avoir collé son avant-bras contre le capteur de la porte, il en ressortait immédiatement avec un air différent. Certains se laissaient aller et sortaient avec une mine de déterré. D'autres avaient l'air plus frais et décontracté, rasés de près. Leur humeur semblait être fonction de leur aptitude à retourner dans la Timebox. Ceux qui faisaient la queue avaient un forfait prépayé bloqué à vingt-quatre heures d'utilisation consécutive. S'il leur restait assez de crédit, ils repartaient directement refaire la queue en sortant de leur séance de Timebox. Sinon ils partaient en courant, l'air perdu.

La lente procession s'arrêta net. Un voyant rouge clignotait au-dessus de la porte. La personne qui venait d'entrer était décédée à l'intérieur. En temps normal, les t-services funéraires débarquaient en quelques minutes pour faire place nette. Personne n'avait envie d'attendre. Les plus entreprenants tentèrent de forcer l'ouverture des portes tandis que les plus dégourdis tapotaient sur l'écran extérieur de la Timebox à la recherche d'un code de déverrouillage. La file d'attente se disloqua progressivement. Il ne restait plus qu'un petit groupe qui ne s'était pas résigné à abandonner le navire. Terry s'approcha d'eux. Ils s'écartèrent méfiants lorsqu'il leur demanda de le laisser essayer avec sa puce trafiquée. À son approche, la lumière devint verte et les portes se débloquèrent en libérant une odeur fétide qui finit de convaincre les autres personnes de le laisser passer en premier. Terry s'engouffra à l'intérieur et ressortit en traînant une espèce de sac à viande contenant la dépouille de son prédécesseur. Celui-ci déposé devant l'entrée, Terry se précipita à nouveau à l'intérieur en jouant des coudes. Pas question que quelqu'un ne lui prenne son tour.

# 5 MINUTES TERRESTRES RESTANTES

Paris

Le jour où Eurêka avait appris la grande nouvelle était déjà un lointain souvenir. Il y a quelques minutes terrestres, à midi trente exactement, la date de la fin du monde avait été officiellement confirmée tandis qu'elle travaillait à peaufiner les modules de gestion des anti-Timebox. Elle avait fait partie jusqu'au bout de la communauté des sceptiques qui n'accordaient aucune importance à ces rumeurs de fin du monde et de géo-croiseur. Mais lorsque le président lui-même avait annoncé que la Terre allait être inhabitable dans un futur proche et prononcé l'instauration de la loi martiale avec interdiction de rassemblement, elle s'était sentie très bête à cause de cet astéroïde qui coupait d'un coup l'herbe sous le pied de tous ses chevaux de bataille. Qui allait à présent se soucier des effets indésirables d'un usage intensif des Timebox ? Quant à son anti-Timebox, elle ferma le module de développement sans même en sauvegarder les dernières modifications. Son invention était bonne pour les oubliettes, aussi utile que la pédale d'accélération d'une voiture face à un mur. Seuls quelques suicidaires désirant en finir au plus vite auraient été intéressés. Même Tim ne devait plus vouloir en entendre parler. D'ailleurs, il ne l'avait pas rappelée depuis un moment maintenant qu'il n'avait plus besoin d'elle. Pour la peine, elle avait élu domicile dans l'appartement high-tech de son ex-chef. C'était un endroit parfait pour une longue séance de time-bunkering.

Ses jours et ses semaines défilèrent à un rythme terrestre de plus en plus élevé. Pour Eurêka, la fin du monde avait du bon. Plus personne ne s'inquiétait des conséquences des Timebox sur la santé et l'environnement, même pas elle. Et elle n'était pas à plaindre : avec sa Timebox tout équipée, elle avait la possibilité de finir plusieurs fois sa vie avant l'apocalypse, même si le nec plus ultra était probablement de prévoir de mourir de vieillesse en assistant à la collision de l'astéroïde avec la Terre. Pour occuper son temps et trouver une nouvelle source de revenus, elle contribuait au mouvement clandestin *Timebox4All* et était payée à l'acte pour permettre à ceux qui n'en avaient pas les moyens de s'offrir un forfait illimité. Pirater pour une bonne cause était un rêve d'enfance qui était devenu réalité. Son travail occupait une bonne partie de ses journées ponctuées par des longues pauses pour pouvoir suivre le flot continu des actualités.

Un tsunami numérique avait recouvert en quelques minutes terrestres les médias d'une épaisse couche d'apocalypse. La fin du monde y était omniprésente. La recherche de solutions alternatives à la planète Terre pour les générations futures occupaient comme un hobby les esprits de ceux qui n'en avaient pas vraiment besoin puisque équipés de Timebox. Les moins farfelus d'entre eux s'échinaient à augmenter le taux de compression des Timebox pour y faire vivre des dizaines de générations, à les enterrer à quelques kilomètres de profondeur ou bien encore à construire des t-stations orbitales. Les plus désorientés pouvaient participer aux programmes religieux qui se disputaient les membres pour avoir le plus grand nombre de prières concurrentes, seule solution à leurs yeux pour sauver l'humanité de cette punition divine et céleste. Les conflits d'avant furent balayés par ce destin bouleversé. Des attaques terroristes contre toutes sortes d'institutions spécialisées de près ou de loin dans le spatial étaient en cours et il était demandé à tous les astrophysiciens de se signaler au plus vite afin de tenter d'organiser leur protection. Les t-actualités s'enchaînaient à un rythme d'enfer alors que les news terrestres arrivaient au compte-gouttes.

Quelques minutes après l'annonce de la fin du monde, les premiers regroupements non autorisés de personnes furent signalés dans les capitales mondiales. Des désertions dans les rangs des forces de l'ordre également. La plupart des employés travaillant sur le terrain avaient quitté leur poste, ce qui avait entraîné un certain nombre de dysfonctionnements. À cause de la hausse soudaine de la consommation provoquée par l'usage effréné des Timebox, un raz-de-marée de détritus et de pollution déferlait sur la surface de la Terre. Personne ne se souciait plus de l'environnement, encore moins qu'avant. La seule préoccupation était de rester le plus possible dans sa Timebox et éventuellement d'en trouver une pour ceux qui, n'en possédant pas, seraient privés d'avenir.

Des hordes de banlieusards privés de Timebox et d'espoir convergeaient vers le quartier d'affaires où se trouvaient la tour DEAS et le refuge de millions de t-nautes comme Eurêka. Le trafic avait été bloqué sur la plupart des axes routiers reliant Paris à La Défense. Le maire avait fait le buzz en déclarant qu'il était du devoir de chaque t-naute de vieillir le plus vite possible dans sa Timebox pour laisser sa place à ceux qui attendaient dehors leur tour. L'opposition avait qualifié cette vision d'irresponsable et préconisait de planifier la construction de t-bidonvilles tout en augmentant d'urgence le nombre de drones pour faire régner le calme dans les rues parisiennes.

Les images d'une ambulance accidentée et immobilisée

sous les projectiles passaient en boucle. Grâce aux caméras intrusives, l'audimat pouvait suivre les mouvements des trois personnes à l'intérieur du véhicule. Des associations de soutien s'étaient mises en place malgré les communiqués de la compagnie de transport indiquant qu'il s'agissait d'un véhicule volé. Des dizaines de milliers de personnes réclamaient l'intervention de l'armée pour sauver cette famille à la dérive. Pendant plusieurs heures, l'image figée d'un drone bombardant la zone avait battu des records en termes de nombre de vues. Lorsque Eurêka reconnut Tim sortir par la porte arrière de l'ambulance, elle l'appela immédiatement.

Avec son boulot, elle avait appris à gérer les t-appels vers le temps terrestre. Ils devaient être préparés avec minutie en suivant la règle des 4C pour formuler des messages concis, clairs, complets et courts. L'objectif était de faciliter la réponse de l'interlocuteur terrestre afin de gagner de précieuses secondes terrestres sans craindre d'être directif. Ce qui pouvait être un simple coup de fil de moins d'une minute pour Tim allait être une correspondance épisodique s'étalant sur un an minimum pour elle. Son premier message audio avait été enregistré et fut envoyé sur le téléphone de Tim :

– Eurêka vous aide, oui non ?

Quelques mois après, elle vit Tim à la télé répondre à son appel au bout de 3 longues sonneries de deux semaines chacune. Elle aurait largement préféré lui poser quelques questions ouvertes du genre « Pourquoi ne m'avez-vous pas rappelée ? » ou « Que comptez vous faire avec une ambulance volée ? » mais cela aurait pris des années. Le premier son en provenance de Tim était disponible à l'écoute :

– Ouuu…

Heureusement, elle avait de quoi faire en attendant. Récemment promue, elle s'employait désormais à former des t-hackers inexpérimentés. Elle venait de terminer sa participation à une web-conférence où elle avait fait un discours sur les astuces pratiques pour combattre à distance le génocide passif des exclus temporels lorsque le système de prédiction vocale signala une probabilité significative que le son émis par Tim soit un oui. Pour être efficace, il lui fallait poser une question sans attendre qu'il finisse son mot afin de passer à l'action le plus rapidement possible. Soit Eilan avait été opéré avec succès et ils désiraient se rendre dans une Timebox comme tout le monde, soit Eilan était toujours dans un état critique. Elle ne songea pas une seconde qu'ils puissent ne pas être au courant de la fin du monde.

– Médecin ou Timebox ? demanda-t-elle

D'après ses calculs, Eurêka aurait le même âge que Tim d'ici trente minutes terrestres. Elle fêtait ses trente ans avec une centaine d'invités virtuels le jour où elle reçut à nouveau des nouvelles de Tim. Ses convives étaient occupés à cliquer sur les plats du buffet pour lancer leur impression gratuite dans leur Timebox respective tandis que d'autres profitaient des différents jeux mis à disposition pour gagner assez de points afin de s'offrir une balade virtuelle sur la surface accidentée de l'astéroïde. Elle s'éclipsa temporairement de sa garden-party virtuelle pour écouter le message de Tim. Malheureusement, ce que Tim disait n'était le début d'aucun des deux mots qu'elle attendait :

– Annn…

Sa fête d'anniversaire était finie depuis longtemps. Eurêka s'estimait en droit d'avoir mieux que cette voyelle nasale en guise de cadeau d'anniversaire. Un début de t était pressenti après cette première syllabe. Exactement ce qu'elle redoutait. Que ce soit Anta ou anti-Timebox, aucune n'allait faciliter la suite de leur échange. Elle n'avait aucune envie de contacter Anta qui venait d'être élue la plus grande femme de tous les temps et n'aimait encore moins l'idée que Tim s'entête à mettre Eilan dans une anti-Timebox, par folie ou ignorance.

– Antiii…

147

— J-7 avant fin du monde astéroïde, médecin ?

Eurêka attendit longtemps la réponse de Tim qui semblait rester sans voix. Les mois passèrent. Elle fit, lors d'un meeting, la rencontre d'une personne activiste qu'elle épousa quelques semaines plus tard. Elle rejoignit son mari dans sa passion et embrassa une carrière de pirate de drone. Ils savourèrent leur lune de miel à désactiver le maximum de drones en service en arrêtant la Timebox des pilotes. Rien ne valait le shoot émotionnel que leur procurait le fait de sauver des vies même si ce n'était que pour quelques jours terrestres. Ils adoraient la vie qu'ils avaient depuis que la fin du monde avait été annoncée. Et encore plus, sauver des exclus temporels d'une mort imminente. Ensemble, ils n'étaient plus à une contradiction près et cultivaient à deux une haine de plus en plus marquée pour la classe des privilégiés dont ils faisaient partie. La moitié de la population coulaient des jours heureux en abandonnant ses frères à la vermine cosmique. Pour se divertir le week-end, ils s'amusaient à attaquer le site de commande en ligne d'enfants prêts-à-vivre. Tout allait très bien entre eux. Ils passaient tout leur temps ensemble même s'ils ne s'étaient jamais rencontrés physiquement. Mais ce n'était pas un problème. Cela ne faisait qu'aiguiser leur imagination débordante, qui pouvait prendre corps grâce à leur collection d'avatars sexuels bien plus beaux et assortis qu'ils ne l'étaient eux-mêmes. C'est d'ailleurs lors d'un de leurs ébats que Tim se décida à rouvrir la bouche.

# 4 MINUTES ET 50 SECONDES
# TERRESTRES RESTANTES

Paris

– Comment ça, un astéroïde ? s'exclama Tim.

L'effort de concentration qu'avait requis la conversation avec Eurêka ajouté au stress de la situation avait lessivé Tim. La voix de son interlocutrice était artificiellement reconstituée en accéléré pour lui garantir une compréhension rapide et fiable. Il y avait tout de même des progrès à faire dans le traitement du signal entre zones de compression temporelle hétérogène. Il s'était efforcé de répondre du tac au tac comme à *Questions pour un champion*, mais la dernière phrase d'Eurêka l'avait laissé KO pendant plusieurs interminables secondes.

Alors qu'il prononçait le mot astéroïde au téléphone, les yeux d'Eilan s'entrouvrirent. Sophie se précipita au chevet de son fils et lui parla doucement pour l'aider à sortir de son état semi-léthargique. Pendant ce temps, Tim écouta les explications d'Eurêka. Il les rejoignit à l'intérieur du véhicule et leur annonça qu'ils n'avaient plus qu'une semaine terrestre devant eux avant la fin du monde. Retourner à l'hôpital redevenait leur meilleure option.

Après quelques grimaces, Eilan ouvrit la bouche et demanda ce qu'il faisait là. Ses parents le lui expliquèrent rapidement. Eilan semblait avoir recouvré partiellement ses esprits et déclara qu'il aurait mieux fait de rester dans sa Timebox. Il demanda à en savoir plus sur l'astéroïde.

– Astéroïde type M, cinq cents tonnes, trente kilomètres seconde, provenance centre système solaire détecté avec méthode NALIE, annonça Eurêka sur le kit mains libres du téléphone de Tim.

– C'est ma méthode ! s'exclama Eilan avec un brin de fierté malgré son épuisement. Mais c'est bizarre, c'est même impossible. Appelez mon directeur de thèse.

– Mort.

– Un des chercheurs du LESIA.

– Tous morts ou disparus.

Pendant quelques dizaines de secondes, la conversation s'interrompit après un bruit effroyable dehors. Un drone venait de s'écraser non loin de leur véhicule. Eurêka leur expliqua ce dont il s'agissait.

– Menace écartée, vous cible.

– Quoi ?! s'étranglèrent en chœur Tim et Sophie.

– Rendez-vous pris avec hôpital, code déblocage ambulance 1234, répondit Eurêka.

Au son de cette phrase, l'ambulance se remit à parler et demanda la destination souhaitée.

– Hôpital Necker, répondit Tim.

– Stop ! ordonna Eilan d'une voix faible.

Le moteur véhicule qui venait de se mettre en route fut recoupé. Eilan leur assura qu'il ne pouvait y avoir d'astéroïde de type ECA susceptible de croiser l'orbite terrestre avant des années. Il leur demanda :

– Où comptiez-vous m'emmener ?

– Tu devais te faire opérer, mais le risque était trop important. Alors j'ai développé une anti-Timebox dont la compression temporelle est supérieure à un, expliqua Tim d'un air désemparé. Je voulais te plonger dans une sorte d'hibernation temporelle, mais avec cette fin du monde…

De son côté, Eurêka avait largement eu le temps de s'intéresser à l'actualité et venait de trouver un premier indice qui allait dans le sens d'Eilan. Le responsable de thèse d'Eilan avait été droné sous l'autorisation d'Anta. Elle s'était passionnée pour cette enquête en attendant que la petite famille ait fini de bavarder. D'après son mari, elle était devenue complètement parano de pouvoir imaginer un seul instant que l'astéroïde soit une menace fantôme. Tous ceux qui avaient la chance d'avoir une Timebox voulaient croire dur comme fer à cette fin du monde et toute contestation était mal vue, surtout chez les activistes. Le fait que DEAS soit derrière l'assassinat des astrophysiciens était considéré comme une idée grotesque. Cette entreprise venait d'investir des milliards dans la recherche spatiale pour offrir un espoir à l'humanité face à l'inévitable. C'était la dernière chose qu'il lui avait dite avant de la marquer comme indésirable dans toutes ses applications. Depuis, Eurêka n'avait plus que les trois naufragés du périphérique comme relations et passait désormais tout son temps à enquêter sur les circonstances de l'annonce de la fin du monde.

– Papa, il n'y a pas d'astéroïde, c'est sûr. Mets-moi dans une de tes anti-Timebox s'il te plaît, implora Eilan avant de refermer les yeux.

Eurêka répétait en boucle de se rendre à la tour Kronos, maintenant qu'elle aussi avait de sérieux doutes sur cette fin du monde. Tim hésita un instant. Sophie lui avait fait confiance. C'était à son tour de croire en son fils.

# 150 SECONDES TERRESTRES RESTANTES

## Paris

Eilan fit une rechute. Son évanouissement acheva de convaincre les deux parents de suivre les conseils de leur fils. Sophie s'affolait autour des écrans de contrôle médicaux qui émettaient toutes sortes d'alertes pendant que Tim appuyait en tremblant comme une feuille sur les différents boutons verts qui apparaissaient sur le tableau de bord de l'ambulance.

Le véhicule, couvert de détritus et de bosses, reprit sa route. Sophie avait dû plonger Eilan dans un état de sommeil artificiel pour ne pas prendre davantage de risque. Il avait eu trop d'émotions et fait trop d'efforts dans son état. Tim vint s'asseoir à ses côtés, fatigué de ne rien voir à travers le pare-brise souillé. Elle lui fit remarquer sur un ton agacé qu'à l'heure qu'il était, leur fils serait sûrement guéri si l'opération s'était déroulée comme prévu. Tim ne répondit pas. Il posa sa tête contre la main de son fils et des larmes coulèrent le long de ses joues.

– C'est à cause de moi tout ça. Pardonne-moi, Eilan ! dit-il entre deux sanglots.

Sophie se rapprocha de Tim et le prit dans ses bras pour le consoler.

– Excuse-moi de t'avoir dit ça. Je sais que tu fais tout ce que tu peux pour le sauver. C'est très bien qu'on puisse aller dans une anti-Timebox. Et puis, on a vu dans quel état était l'hôpital. Avec cette fausse fin du monde, le chirurgien aurait sûrement annulé l'opération ou pire encore, l'aurait bâclée.

– Merci, Sophie. Je ne comprends pas pourquoi on voudrait nous droner juste après nous avoir secourus. Et cette fausse histoire de fin du monde, qu'est-ce que ça veut dire au juste ? Le monde est-il devenu fou, ou bien est-ce moi qui perds les pédales ?

En début de semaine, ils étaient encore une famille banale sans histoires et sans amour. À présent, ils étaient devenus des fugitifs prêts à tout pour sauver leur enfant et roulaient sur des routes désertes, guidés par une jeune femme que Tim connaissait à peine.

– Eurêka, prépare l'anti-Timebox dans mon appartement, lui demanda-t-il.

– La voie est libre, ETA deux minutes, prenez ascenseur service avec civière. Mettez blouses et masques, je vous couvre.

Le reste du trajet se déroula sans encombre. La tour Kronos avait pris des airs de forteresse. Tim et Sophie poussèrent Eilan sur son brancard le long des tapis roulants jusqu'à un ascenseur qui les mena jusqu'aux sous-sols de la tour. Au moment où les portes se refermèrent, Tim crut apercevoir Sofia surgir d'une intersection, main dans la main avec Moloch. Apparemment, il avait besoin de repos.

Quand ils furent enfin arrivés devant l'appartement de Tim sans avoir croisé de patrouille grâce aux instructions d'Eurêka, ce fut au tour du badge de Tim de faire des siennes. Anta lui avait coupé son forfait. Heureusement qu'Eurêka était là pour leur ouvrir la porte de chez lui, de l'intérieur.

– Bienvenue chez vous, suivez-moi ! leur dit-elle d'un air enjoué.

# 30 SECONDES TERRESTRES RESTANTES

## Bourgogne

Les portes de la Timebox se refermèrent derrière lui. Terry put enfin laisser échapper le cri de soulagement qu'il retenait depuis si longtemps. La fête qu'il avait imaginée pour l'occasion était quelque peu remise en question par la fatigue qui l'accablait. Le précédent locataire avait laissé la cuisine dans un état lamentable. La cause du décès ne laissait guère de doutes vu le nombre de bouteilles d'alcool et les restes de drogues éparpillés sur la table du salon. Même Terry trouvait cela outrancier. Le monde semblait être devenu plus fou que lui. Il faillit écraser un paquet de fraises en s'asseyant dans le fauteuil. D'après l'emballage encore intact, elles étaient fourrées à des substances dont même lui ignorait l'existence. Dans son état, il n'était pas en mesure de refuser pareille invitation. Il croqua la plus grosse goulûment en s'enfonçant dans le siège du fauteuil avant de se rappeler qu'il devait désamorcer son hara-kiri programmé. Les effets furent si rapides et intenses qu'il ne fut pas en mesure de se lever. Il tomba peu à peu dans les précipices du sommeil en comptant les morts avec un sourire béat, ne se rappelant même plus de l'urgence. Dans les bras de Morphée, ses rêves à demi-éveillé l'emmenèrent sur les traces de ses voyages de jeunesse. Nul écran 3D n'aurait pu égaler la puissance de son délire.

Des centaines de drones apparurent tournoyant au-dessus d'une ville congestionnée. Une nuée d'étourneaux les rejoignit. Ne pouvant bouger, coincé dans une carapace de tortue qui se collait aux vêtements humides de ses voisins, son corps décida de s'envoler aussi pour rejoindre ses amis ailés et s'éloigner de tous ces visages crispés qui l'entouraient par milliers. Dans les airs, flottait un cerf-volant qui semblait livrer une bataille poétique contre les drones. C'était un enfant en bas qui tenait le fil en riant à gorge déployée. Il s'accrocha à la mince cordelette et une force énorme l'entraîna dans les airs, l'enfant le rejoignit dans son vol, aucun d'eux n'avait peur. Le soleil leur brûlait la peau. Ils prenaient de l'altitude à toute vitesse. Ses mains moites glissaient le long du mince fil. La charge d'un drone lui fit définitivement lâcher prise. Des bancs de poissons l'accompagnèrent dans sa chute et l'air autour de lui se transforma en écume puis en eau. En ouvrant les yeux, il sentit le goût salé de l'océan et découvrit un magnifique tombant recouvert de coraux et de gorgones qui l'appelaient par son prénom. L'air commençait à lui manquer, des raies mantas planaient au-dessus de sa tête en jouant avec les dernières bulles d'air qu'il s'efforçait de suivre pour retrouver son chemin jusqu'à la surface. L'une d'entre elles le projeta d'un coup de nageoire en dehors de l'eau. De grosses vagues à la surface l'entraînèrent dans leurs remous. Il but la tasse et l'eau était tellement pimentée que sa bouche prit feu sous l'eau. Une énorme vague le fit s'échouer sur une plage de sable mouvant, la brûlure des épices disparaissait tandis que le sable le recouvrait peu à peu. Une fois qu'il fut entièrement recouvert, le sable se dispersa en une pluie sèche et fine. Il respira une grande bouffée d'air dans un silence de plomb qui se déchira alors en un vacarme assourdissant de bruits stridents et d'insectes. Ouvrir les yeux était impossible, ses paupières étaient collées par une sorte de toile. Des bestioles bourdonnantes se collaient à sa peau. Plus il se débattait, plus celles-ci se glissaient sous ses vêtements. Il hurla quelques secondes lorsqu'il sentit quelque chose ramper sous sa peau, laissant s'engouffrer par sa bouche ouverte une horde d'insectes qu'il dut mâcher et avaler au fur et à mesure pour éviter de se faire dévorer la langue à coups de mandibules. Un éclair transperça le ciel et ses paupières. Une pluie diluvienne le lava de toute cette vermine. L'averse devint torrent de boue, le courant l'emporta comme un radeau à la dérive, le cognant aux rochers avec un bruit sourd de tronc d'arbre. Les chocs se muèrent en percussions et des chants se firent entendre. Des bras le tirèrent en dehors de l'eau et l'emportèrent jusqu'à la terre ferme où une odeur nauséabonde de pisse et de viande avariée le saisit à la gorge. Il tenta de fuir en toussant. Des klaxons le firent rebrousser chemin. Des motos et des camions passaient à toute allure en rangs serrés tout autour de lui. La fumée des gaz d'échappement remplit la rue et ses bronches, des phares déchiraient la pénombre en l'aveuglant. Il tituba sur des formes étranges. Corps allongés, chiens immobiles, offrandes de riz moisi jonchaient le sol qui se brisa d'un coup sec sous son poids. Il dévala en roulé-boulé une pente vertigineuse de poussière. Quand il arriva en bas, sa tête tournait dans tous les sens. À perte de vue des montagnes immenses retrouvaient peu à peu leur immobilité. Une prière emplit l'espace et de minuscules lettres d'une écriture indéchiffrable se détachèrent de chaque pierre et s'envolèrent au gré des vents. Des arabesques se collèrent à sa peau comme un tatouage, une main invisible écrivait sur lui des motifs à la beauté ensorcelante. Des fleurs dessinaient sur ses jambes, sur ses mains, sa peau devenait de plus en plus verte et son corps s'allongeait. De plus en plus grand et fin, son corps avait mué. Ses pieds se plantèrent dans le sol et un paysage de rizière sans fin poussa en quelques secondes en lui et autour de lui. N'ayant plus qu'un pied, qu'une jambe figée dans le sol, il ne pouvait que pousser vers le soleil dont les rayons étaient de plus en plus agréables et savoureux. L'horizon se courba, un soleil énorme décrivait de plus en plus rapidement des cercles lumineux autour de lui, des lacs apparaissaient comme des gouttes de pluie, il buvait des rivières à chaque respiration. Il avalait le vent en parcourant l'horizon d'une caresse et se mêlait à chaque être vivant. Coincé dans un mikado végétal et minéral, son corps planète se mit à bourgeonner et des millions de graines et de semences s'échappèrent de son corps. Il entendait battre en lui des millions de pouls. Les naissances remplaçaient et soulageaient la déchirure des mourants. Des murmures lui chatouillèrent le nez. Il éternua de tout son être. Le big-bang, tout s'arrêta, figé dans une goutte de plus en plus petite qui finalement disparut en faisant le bruit d'un gros pet.

Il se réveilla en sursaut et en nage. Son nez était complètement bouché. Il ramassa un mouchoir qui traînait par terre pour se dégager les sinus. Cela fait, Terry put sentir le parfum familier de ses flatulences mélangé à une odeur repoussante. Il eut un haut-le-cœur en imaginant la provenance de ces effluves avant de se rappeler qu'il n'était peut-être plus en vie pour longtemps. Les fraises lui avaient fait oublier l'urgence d'arrêter son suicide à retardement. Il se précipita vers le clavier amovible de l'ordinateur de bord. Sa vie ne tenait qu'à la connexion sans fil du périphérique et à sa capacité à se loguer à l'application voulue avant la fin du compte à rebours. Exténué après ce trip et se sentant encore à moitié arbre, il tapota du bout de ses branches sur le clavier. Deux erreurs sur son mot de passe. Il se recoiffa les feuilles. Plus qu'un dernier essai. Cette nouvelle génération de clavier tactile n'était pas facile à maîtriser. Allait-il être victime d'une sorte de sélection naturelle numérique ? En essayant de calmer son pouls, il tapa touche par touche son mot de passe et appuya sur entrée en redoutant d'entendre une sorte de coup de klaxon enroué qui aurait signé son arrêt de mort. La belle prairie verdoyante apparut devant lui comme un mirage. Le widget de l'application nommé Cyanure 2.0 affichait le décompte en haut de l'écran : 666, 665…

Il avait eu chaud et enfonça avec soulagement le gros bouton rouge d'arrêt d'urgence qui avait poussé en relief à ses côtés. D'ici quelques heures, il y aura des micro-drones inoffensifs dans ses selles.

Les souvenirs des conversations avec feu Marc ressurgirent. Que ferait-il à présent s'il pouvait d'un coup de pouce rayer de la surface de la planète l'humanité, cette erreur de la nature, cette créature que la vie a probablement conçue pour mettre fin à un cycle ? Il avait déjà tant de morts sur la conscience. Cependant, au point où il en était, tuer un humain ou l'humanité ne faisait guère de différence. Le poids à porter serait-il le même que ce soit pour une victime ou pour des milliers de morts ? La réponse était mathématique. Plus il continuerait de tuer, moins chacune de ses victimes n'aurait d'importance. S'il avait un bouton pour raser la tour Kronos et y enterrer Anta, il l'enfoncerait sans hésiter une seconde. Un doute passager s'empara de lui lorsqu'il émit l'hypothèse que son frère pouvait une fois de plus se retrouver au mauvais endroit au mauvais moment.

Pour chasser ces idées noires et la culpabilité qui commençaient à tourner en boucle dans son esprit, Terry décida qu'il était temps de fêter comme il se devait le début du reste d'une vie plus saine et plus libre, sans fraises cette fois-ci. Il activa la télé sans réfléchir et commença à écrire la liste des choses qu'il devait faire pendant les prochains jours, à part tomber dans la déchéance et les mauvaises habitudes. Mettre fin au jeu en ligne, récompenser les meilleurs joueurs, trouver comment contacter Tim sans se faire repérer, juste pour savoir où il était, regarder les news. Il n'eut pas besoin de zapper. Un présentateur à la mine dépressive apparut sur le mur :

*... violentes émeutes qui ont envahi les rues des capitales européennes depuis la hausse spectaculaire du prix des forfaits Timebox. Les drones CRS peinent à contenir le nombre grandissant de manifestants. La loi martiale vient d'être déclarée et l'armée se mobilise suite à l'annonce de la fin du monde.*

– La fin de quoi ? questionna Terry sans obtenir d'autre réponse que l'ouverture d'une page de recherche Internet recensant des liens sur la fin du monde et le Nouveau Testament.

Terry changea de chaîne et vit apparaître en 3D des dizaines de drones survolant des bandes de casseurs déchaînés sans faire de quartier. Les habitants des banlieues tombaient par centaines. La caméra zooma sur des jeunes portant une banderole où était inscrit *Timebox pour tous* et *la Timebox ou la vie*. La séquence suivante montrait un rassemblement d'individus cagoulés lançant des projectiles sur une ambulance stationnée en dessous d'un pont.

Un compteur en haut à droite de l'écran affichait « J-14 avant ELE ». Terry s'écria :

– Ça veut dire quoi ELE, bordel ?

Il zappa frénétiquement et tomba des nues en découvrant les photos d'un astéroïde à l'allure menaçante. Un commentateur météo en décrivait la trajectoire dans l'espace avec le jour, l'heure et le lieu prévus de la collision entre ce gros caillou de quelques milliers de tonnes et la Terre. Il avait été repéré par une nouvelle technique de détection des météorites. Un certain Ed, un des rares experts astrophysicien ayant réussi à échapper aux attaques terroristes anti-futur, déclarait catégoriquement qu'il n'y avait aucune méthode connue à ce jour qui permettrait de modifier la course du corps céleste. D'après lui, il ne fallait pas espérer qu'un missile ou un rayon puisse venir à bout de la composition extrêmement riche en silice et titane de ce corps céleste. La forme du crâne dégarni de ce scientifique rappelait étrangement la forme de l'astéroïde.

Il lançait un appel à tous pour financer en urgence des projets de recherches visant à trouver de nouvelles solutions pour sauver l'humanité. L'aide financière de chacun était nécessaire, surtout après les pertes matérielles et humaines subies par le monde de l'astrophysique à cause de ces barbares d'eco-warriors. Terry restait bouche bée devant son écran et hébété par la nouvelle, ne changea même pas de chaîne lors de la coupure pub. Une agence de voyages spatiaux promettait encore quelques places disponibles non remboursables dans des navettes le jour de l'ELE. La publicité suivante mettait en scène des hommes et des femmes de toutes races et de tous âges répétant la même phrase – le futur est un souvenir qu'il nous reste à vivre et l'avenir, c'est le temps qu'il reste pour profiter du moment présent. Tout ça pour faire l'éloge du modèle de Timebox que Terry occupait. Il avait visiblement choisi l'outil indispensable pour atteindre son espérance de vie avant le jour J.

L'univers s'était décidé de lui-même à appuyer sur le bouton destruction totale. Tout s'expliquait à présent : les gens dans la rue, les magasins pillés, les racailles surexcitées, les files d'attente devant les Timebox. Chaque personne sur Terre voulait sa part de Timebox. Que ce soit cette génération ou la suivante, l'humanité était condamnée. Terry se rappela alors son dicton préféré – Dans le temps, même le futur était mieux. En effet, le futur paraissait assez sombre à présent. De son point de vue, ce n'était pas forcément une mauvaise nouvelle. Les meurtres qu'il avait commis n'étaient qu'une anticipation un peu prématurée de la sentence divine. Plus efficace que la plus forte des drogues, Terry avait trouvé un allié de poids avec cet astéroïde pour lui remonter le moral. Lui qui boudait systématiquement les soirées du jour de l'an et les finales de coupe du monde, il se sentait presque prêt à sortir faire la fête. D'ici quelques jours, tout sera enfin redevenu parfait sur une planète débarrassée des gens de son espèce.

Déculpabilisé par la présence bienveillante de Titan, il avait trouvé la nouvelle mission pour son jeu en ligne, qu'il baptisa *Opération Boom-Rangers*. Pas question de laisser Anta et sa clique profiter d'une espérance de vie intacte grâce à leur Timebox tandis que des millions de personnes étaient exclues de tout espoir.

# AU MEME INSTANT

Sous-sols de la tour Kronos, Paris la Défense

Dès qu'ils furent tous entrés à l'intérieur de l'appartement, Eilan fut placé dans la petite t-box du salon qu'Eurêka avait préalablement configurée. Sophie avait rappelé à Tim qu'elle souhaitait rester avec Eilan jusqu'au bout du voyage et était rentrée à l'intérieur de l'anti-Timebox. Elle lui avait demandé de bien prendre soin de lui en les attendant. Tim lui avait répondu qu'elle n'aurait même pas le temps de faire une bise à son fils de sa part qu'il réapparaîtrait devant eux. Une idée folle lui avait alors traversé l'esprit et il avait embrassé Sophie devant Eurêka qui se racla la gorge à plusieurs reprises.

Tim était prostré depuis quelques secondes face à la porte de la Timebox qui venait de le séparer de sa famille, comme sur un quai de gare en face d'un train sur le départ. Il avait toujours détesté les « au revoir ». Mais il avait réussi la première partie de son plan. Eilan était dans une anti-Timebox. Ses pensées l'avaient conduit jusqu'à la grande fête qu'il organiserait lorsque tout rentrerait enfin dans l'ordre. Il en était à lister les salades qu'il allait devoir apprendre à cuisiner à ses heures perdues pour épater la galerie lorsque que le son aigu de la voix d'Eurêka le sortit

163

de sa torpeur :

– Bon, c'est bien mignon tout ça, mais on a du pain sur la planche et l'heure tourne vite ici. Je leur ai mis une compression temporelle de deux millions pour un. Je propose de mettre en route immédiatement notre Timebox pour pouvoir discuter tranquillement de la suite des événements ?

– Oui, excuse-moi, Eurêka. J'ai un petit coup de barre. Heureusement que tu es là.

– Vous ne croyez pas si bien dire, répondit-elle d'un air triomphal. J'ai désamorcé trois autres drones envoyés pour vous tuer et empêché une unité de vous réserver un accueil musclé. Visiblement, votre mort ferait bien plaisir à certains ou devrais-je dire à certaines !

Le monde autour de Tim avait tellement changé en si peu de temps. Son téléphone sonnait non-stop et il n'arrivait pas à désactiver le mode vibreur pour les appels d'urgence. Pourquoi Anta tenterait-elle de les tuer et pourquoi elle l'appelait ? Eurêka lui recommanda de ne pas décrocher. C'était probablement une tentative pour les localiser.

Ils convinrent de s'accorder vingt et un jours maximum pour faire le point et définir leur plan d'action, sachant qu'ils devraient quitter l'appartement à cette échéance pour permettre à l'anti-Timebox de fonctionner à plein régime. Eurêka avait à présent l'âge d'être sa sœur alors que ce matin elle aurait pu être sa belle-fille. Ils devaient apprendre sur le tas à vivre à deux dans la même Timebox sous le regard aveugle de la famille de Tim. Ces trois semaines représentaient une longue seconde terrestre pour Eilan et Sophie. Mais dès qu'Eurêka et Tim ouvriraient les portes de l'appartement de Tim, mère et fils allaient pouvoir glisser dans le futur à grande vitesse.

Après de longues journées studieuses passées à identifier et sécuriser leur future planque dans le couloir, Eurêka appela des anciens collègues afin de les prévenir et leur demander de participer à leur opération. Elle contacta de nombreux individus. Tim ne trouvait personne à qui faire confiance. Les seuls qui comptaient pour lui étaient figés derrière la vitre de l'anti-Timebox ou avaient disparu sans laisser de traces. Il se résolut à recontacter Terry, qui ne sembla pas vouloir répondre à ses appels et messages. Par dépit, il voulut revoir Sofia. Lorsqu'il lança l'application, un message d'erreur apparut. Pour la première fois, elle était indisponible.

# 29 SECONDES TERRESTRES RESTANTES

## Bourgogne

Le développement de ce que Terry considérerait de plus en plus comme son œuvre ultime avait bien progressé. Quelques centimètres de barbe avaient depuis poussé. La maniabilité et la fluidité de son jeu avaient été grandement améliorées grâce aux précédents feed-back reçus lors de son premier succès. Des millions de joueurs s'étaient inscrits pour avoir une chance de participer au second opus. La rumeur avait raison pour une fois. Ce jeu était bien plus que virtuel et la session précédente avait permis de libérer le génial concepteur de cette aventure en détruisant une base militaire. Il y avait autant de places que de drones disponibles et ce n'était pas ce qui manquait : tous les drones étaient en service afin de maintenir un semblant d'ordre à l'extérieur. Il y en avait plus de cent mille à travers le monde et rien qu'au pied de la tour Kronos, plusieurs centaines d'engins avaient été rassemblés. Pour laisser une chance aux meilleurs de s'exprimer, tous les joueurs au-dessous de la moyenne en termes de qualité de jeu seraient remplacés par une personne de la liste d'attente. Une seule règle avait fuité : les joueurs ne pourraient piloter un drone que si celui-ci était suffisamment éloigné de leur domicile. Terry n'avait aucune envie de devoir gérer en direct le stress émotionnel de joueurs orphelins qui se rendraient compte qu'ils venaient de tuer des proches. Il y avait assez de Chinois, d'Indiens et d'Américains pour se salir les mains avec du sang français et vice-versa. L'objectif fut dévoilé en même temps que le nombre de places disponibles : éliminer Anta, tuer la bande des tout-puissants, détruire leur empire en commençant par les locaux techniques DEAS afin de provoquer une panne mondiale dans l'utilisation des Timebox.

Sur la vidéo promotionnelle, Terry surfait sur la rumeur et déclarait à visage découvert que les joueurs sauront qu'ils ont remporté la bataille lorsque leur propre Timebox se désactivera. Il conclut en proclamant que le jeu ne faisait que débuter et qu'une nouvelle ère de quelques jours allait commencer : celle d'une humanité libérée de ses démons et prête à accepter sa propre fin. Sans leur intervention, les pires représentants de l'espèce humaine risqueraient de réussir à survivre en se réservant les quelques places disponibles dans les stations orbitales ou les super-bunkers. Traiter ces humains comme ces derniers traitaient leur environnement et les autres espèces était la meilleure chose à faire pour offrir une fin digne de ce nom à l'Histoire. Pour convaincre ceux qui n'adhéraient pas à ce rêve, un forfait Timebox illimité à vie était offert pour tous les participants à la fin du jeu. La récompense de Terry était tout autre, mais bien réelle : pouvoir sortir de sa planque et retrouver la paix des grands espaces pour contempler l'arrivée de cette belle étoile filante.

Avant de lancer le décompte final, Terry voulut s'acquitter d'une dernière mission d'ordre familial. Il devait appeler Tim pour l'informer qu'il ne disposait que de quelques minutes terrestres pour mettre les voiles s'il se trouvait encore à la tour Kronos. Peut-être allait-il aussi s'excuser d'avoir mis sa vie en danger. En tout cas, Tim n'allait sûrement pas apprécier le fait d'apprendre qu'il ne pourrait plus utiliser ses Timebox. Pour ne pas changer, son frère n'était pas facile à joindre. Il faillit remettre cela à plus tard lorsqu'il eut la bonne idée de consulter ses anciennes boîtes mails en prenant bien soin d'effacer ses traces grâce à un régiment de routeurs sécurisés. Le dernier mail reçu provenait de son frère. Tim aussi avait cherché à le joindre.

# QUELQUES MICROSECONDES PLUS TARD

Sous-sols de la tour Kronos, Paris la Défense

– Allô ?

Une image trouble apparut sur l'écran face à Tim. La silhouette d'un homme trapu et hirsute avec autant de barbe que de cheveux se dessina peu à peu. Le visage ressemblait vaguement à Eilan en plus vieux.

– Hello ! Tim, c'est toi ?

La qualité de l'appel était médiocre, le son était entrecoupé.

– Oui, c'est lui-même. Qui est à l'appareil ?

– Alors, tu ne reconnais pas ton grand frère ? C'est fou le coup de vieux que tu as pris. Si ça se trouve, c'est toi l'aîné maintenant.

– Terry ! Si ça peut te rassurer, tu as bien changé toi aussi. En tout cas, merci de m'avoir rappelé. J'ai pas mal de choses à te dire.

– M'en parle pas, tu ne me croirais pas si je te disais tout ce qui s'est passé cette semaine et tout ce qui est sur le point d'arriver.

– Et toi, tu ne me croirais pas si je te disais tout ce qui

ne va pas se passer. Mais j'ai une mauvaise nouvelle à t'annoncer. Eilan est entre la vie et la mort et j'ai été la cible de plusieurs attentats.

— Qu'est-ce qui lui est arrivé ? répondit Terry en se raclant la gorge.

— Il a été blessé pendant l'attentat dans l'amphithéâtre de DEAS. Allô, tu m'entends ?

La communication fut coupée pendant quelques secondes. Les réseaux étaient saturés et les nombreux détours que Terry avait fait prendre à son appel pour qu'on ne puisse pas remonter jusqu'à lui n'arrangeaient pas la qualité sonore.

— Mais enfin, qu'est-ce qu'il foutait là-bas, à son âge ? répondit Terry

— C'est une longue histoire. Les enfants vieillissent vite de nos jours. Il a déjà plus de vingt ans.

— Oh, c'est pas possible ! Comment te dire… Je suis tellement désolé Tim. Allô ? Allô ?

La qualité de l'appel était de pire en pire.

— Ça y est, je t'entends à nouveau et m'entends aussi, avec de l'écho. C'est très gênant. Je coupe la vidéo.

Tim s'entendait parler avec un délai d'une ou deux secondes. Le son de la voix de Terry parut se stabiliser.

— Tim, écoute. Je suis vraiment désolé pour Eilan mais j'ai une mauvaise nouvelle moi aussi.

— Vas-y, mais après il faudra que tu m'écoutes. J'ai une nouvelle planétaire…

— Tu ne vas plus pouvoir te servir d'aucune Timebox d'ici peu. Plus personne ne pourra et j'en serai pour quelque chose.

La conversation était de plus en plus brouillée. Terry continuait sur sa lancée sans entendre les protestations de Tim.

— Tim, poursuivit Terry. J'imagine que tu es à la tour Kronos. Il faut que tu la quittes et que tu t'organises au plus vite pour survivre dehors les quelques jours qui te restent avant la fin du monde.

— Mais il n'y a pas de fin du monde ! C'est une histoire montée de toutes pièces par Anta qui d'ailleurs essaie d'avoir ma peau. Et Eilan a besoin de rester dans une Timebox, le temps que je trouve une solution. Allô, tu m'entends ?

— Allô ? Je ne t'entends plus, Tim. Qu'est-ce que tu racontes ? En tout cas, des milliers de drones vont entrer dans la tour d'ici peu, alors fiche-moi le camp sur-le-champ. En ce qui concerne Anta, ne t'inquiète pas, je vais m'occuper d'elle. Et encore désolé pour ton fils. Mea culpa.

Terry avait raccroché. Tim resta planté devant son écran en essayant machinalement de rappeler plusieurs fois. Le numéro n'était plus attribué. Il frappa de toutes ses forces sur l'hologramme du téléphone. Eurêka venait de terminer ses appels. Elle se retourna vers Tim en s'exclamant qu'elle avait de bonnes nouvelles. À sa surprise, cela le mit dans une rage folle. Il cria qu'il ne comprenait plus rien à rien de ce qui se passait dans ce monde de dingues et pulvérisa un à un les hologrammes mis à sa disposition par l'application *Bon de Colère,* qui venait de s'activer automatiquement. Lorsqu'il dut s'asseoir pour reprendre son souffle, Eurêka s'approcha et voulut mettre une main sur son épaule. Elle se ravisa lorsqu'elle sentit l'odeur de sueur provenant du T-shirt trempé de Tim. Avec une grimace de dégoût non dissimulée, elle lui proposa une douche. Tim, désemparé, se laissa conduire vers l'armoire de bains. À travers la porte, Eurêka lui demanda ce qu'il s'était passé.

— J'ai réussi à joindre mon frère, il a fait le mort pendant des années et au lieu de s'excuser, il me dit qu'on va tous mourir et que les Timebox, c'est bientôt du passé. Il a même dit qu'il allait tuer Anta. Il est en plein délire !

— Super sympa votre frère, comment s'appelle-t-il ?

— Terry, pourquoi ?

— Terry ?! Comme l'ennemi public numéro un ?

— Comment ça ?!

– Ça se voit que vous n'avez pas suivi les news depuis longtemps ! Son portrait fait la une de l'actualité depuis des semaines. Attendez, je vais vous retrouver la vidéo de son jeu en ligne, répondit-elle en passant son bras à travers la porte de la douche, pour lui montrer le petit écran qu'elle tenait.

– Oui, c'est bien lui. Terry n'a jamais rien eu d'un terroriste ! s'écria-t-il en sortant tout nu et mouillé de la douche, éclaboussant Eurêka qui lui tendit une serviette. Montre-moi tout ce que tu as sur lui.

– Mettez-ça sur vous avant toute chose, par pitié ! dit-elle en lui tendant une serviette.

– C'est le pompon ! J'ai une chef qui veut me tuer et un frère terroriste. Qu'ai-je fait pour mériter ça ?

Eurêka n'eut pas besoin de chercher quoi lui répondre. Les portes de leur appartement s'ouvrirent.

# AU MEME INSTANT

Tour Kronos, Paris la Défense

En entrant dans l'ascenseur en direction des sous-sols, Anta venait de donner le GO pour désactiver la Timebox de fonction de Tim.

Elle avait mal digéré l'échec du drone envoyé pour supprimer Tim et son fils. Lorsqu'elle apprit que les autres tentatives n'avaient pas été plus fructueuses, une rage folle s'empara d'elle. Elle avait décidé de reprendre les choses en main et d'en faire sa priorité numéro un. En y assignant toute une t-team, les choses devraient vite être réglées. Leur trace fut rapidement retrouvée grâce aux vidéos de surveillance de la tour. Les systèmes de protection d'Eurêka avaient été mis en pièces un par un. C'est ainsi qu'Anta avait appris que Tim avait réussi à mettre au point une anti-Timebox et qu'il n'avait visiblement aucune envie de croire à sa fin du monde, vu l'usage qu'il en faisait pour son fils. Elle dut immédiatement interdire leur écoute, de peur que d'autres ne se mettent à douter à leur tour. Il lui fallait mettre fin aux agissements de son N-1 immédiatement.

Les portes de l'ascenseur s'ouvrirent à l'étage des appartements de fonction réservés aux cadres supérieurs.

Serge l'accompagnait et avait revêtu un modèle expérimental d'une t-armure : une sorte de combinaison étanche pare-balles permettant d'obtenir une légère compression temporelle interne. Il disposait ainsi de trois fois plus de temps à l'intérieur que ses adversaires et pouvait se déplacer dans tout environnement temporel en voyant les choses autour de lui comme dans un film au ralenti.

Serge voulut faire preuve de galanterie en laissant Anta passer devant lui et son fusil MP5. Elle lui donna une tape sur le casque en lui disant qu'il ferait mieux de garder sa politesse pour l'enterrement de Tim. Il sortit de l'ascenseur en mode furtif avec une démarche à la Chaplin, puis fit signe à Anta que la voie était libre. Les talons d'Anta martelaient le sol métallique du tapis roulant en faisant résonner tout le couloir. Serge clignait des yeux en rythme.

# 20 SECONDES TERRESTRES RESTANTES

Sous-sols de la tour Kronos, Paris la Défense

Avec sa serviette autour de la taille, Tim se précipita vers la t-box du salon et retrouva avec soulagement la face figée de Sophie. Il s'écria :

— L'anti-Timebox marche toujours !

— Oui, c'est normal. Même moi, je ne pourrais pas l'arrêter. Tant que sa batterie interne n'est pas déchargée, il est impossible de l'ouvrir avant le temps programmé. Allez, il faut qu'on déguerpisse d'ici au plus vite !

En sortant de son appartement, il reconnut un bruit familier dont il se serait bien passé : les talons d'Anta. Elle était à une cinquantaine de mètres de l'appartement.

— Eurêka, on a de la visite ! Où est la Timebox la plus proche ?

— Il y en a deux disponibles, à dix mètres d'ici en direction de l'ascenseur.

Ils coururent aussi vite qu'ils purent. La serviette de Tim tomba pendant sa course. Serge les avait rapidement repérés et avait tiré une salve avec son fusil d'assaut. Une des balles siffla tout près de l'oreille de Tim et le manqua de peu.

Eurêka mit leur Timebox en route dès que Tim y pénétra. Avant toute chose, Eurêka prit le temps de lui commander un pyjama, le seul article encore disponible dans le catalogue pour hommes. Elle n'avait jamais vu un homme nu en vrai, sans écrans interposés. Toutes ses aventures avaient eu lieu via des hologrammes tactiles. Elle ne pouvait pas dire qu'elle le trouvait beau ou attirant, mais se retrouver dans cette situation après avoir échappé à des balles lui faisait bourdonner les oreilles d'un étrange désir, à moins que ce ne soit le bruit des coups de feu qui l'ait rendue un peu sourde, se dit-elle lorsque Tim eut enfilé son ridicule pyjama bariolé.

— On a très peu de temps, il faut qu'on agisse rapidement avant qu'ils débranchent aussi cette Timebox, dit-elle en s'activant sans but précis.

— Avant tout, peux-tu programmer l'anti-Timebox pour que Sophie et Eilan y restent plus d'un an ?

— Je peux leur donner neuf mois maximum avec les batteries internes qu'ils ont. S'ils ne coupent pas le courant, ils pourront y rester plusieurs années facilement.

— OK, mets leur en pour douze mois, en espérant qu'on soit toujours vivants. Il faut absolument que quelqu'un soit au courant s'il nous arrive quelque chose. Une équipe médicale devra être prête lorsqu'ils en sortiront. Tu connais quelqu'un de confiance, toi ?

— Heu, si je peux me permettre, je crois que je peux trouver mieux que Terry ou Anta. Essayez donc de trouver comment nous sortir de là, pendant que je règle vos affaires. Je m'inquiète un tout petit peu pour nous aussi.

— Oui, je sais. Désolé de t'avoir embarquée dans mes histoires. Mais il y a toujours une solution, on va y arriver ! répondit Tim.

C'était plus facile à dire qu'à faire, surtout avec la pression. Réussir à penser en dehors de la boîte, à prendre de la hauteur et à découper la somme de leurs problèmes en plus petits problèmes, unitairement simples à résoudre.

La solution devait permettre d'échapper aux menaces que représentaient à la fois Anta, ses sbires et son frère. Il fallait à tout prix empêcher Terry de détruire la tour et ses occupants, surtout depuis que la cible principale du jeu de massacre se rapprochait d'eux à grands pas.

Pendant sa carrière de scientifique, Tim avait pu s'apercevoir que c'était souvent dans le problème lui-même que se trouvait la solution. Tout comme chaque problème avait ses solutions et chaque solution avait ses problèmes. Et aujourd'hui, tous ses problèmes provenaient des Timebox et des gens qui s'en servaient pour assouvir leurs désirs de vengeance ou de pouvoir. Il lui fallait trouver un moyen de retourner les Timebox contre elles-mêmes, comme semblait l'avoir fait son frère avec les drones. Une sorte de gribouillis schématique prenait forme sur le tableau. Une solution plus élégante que la réciprocité et la violence était-elle possible, se demandait Tim en dessinant avec son marqueur virtuel.

La priorité était de se débarrasser du porte-flingue d'Anta et de sa t-armure. Ironie du sort, c'était Tim qui avait lancé ce projet de carapace high-tech, avant de le laisser en stand-by sous les ordres d'Anta, au bénéfice de TITAN. Ils n'avaient aucune chance contre un homme avec de telles armes, d'autant plus qu'ils n'en possédaient aucune. Les articles en ligne, en particulier les munitions, avaient été dévalisés lors de l'annonce de la fin du monde. Mais ce n'était qu'un prototype et Eurêka n'aurait sans doute aucun mal à le désactiver. Seulement, même sans compression temporelle, un homme armé d'un fusil-mitrailleur avec une combinaison pare-balles était une menace sérieuse. À moins que…

– Eurêka ! s'exclama Tim.

– Oui ? répondit-elle

– Non, je veux dire, Eurêka, j'ai trouvé ! Pour se débarrasser du gars en t-armure, c'est simple. Il faut utiliser la force de notre adversaire contre lui-même, comme au judo.

— Euh, pour ma part, je suis loin d'avoir ma ceinture noire…

— Nous n'aurons aucun besoin de nous battre. Il suffit de l'immobiliser à distance en piratant sa t-armure.

— Vous voulez dire qu'il suffirait de la transformer en anti-t-armure ?

— Oui, c'est pas mal comme idée, non ? Mais tu me diras que cela ne règle pas le problème d'Anta, qui représente toujours une menace sérieuse.

— À moins qu'on n'arrive à la mettre hors d'état de nuire, dans une anti-Timebox par exemple !

— Tu veux que je l'appelle pour lui demander si elle veut bien ? ironisa Tim.

— Non, mais il faudrait lui trouver une bonne raison d'aller dans une Timebox.

— Si on bloque celui qui l'accompagne et qu'on lui fait peur, elle ira peut-être se réfugier d'elle-même dans une Timebox libre…

— Ou bien, elle irait d'elle-même tout droit dans une Timebox si elle croyait que nous nous y cachons.

— Oui, pour nous descendre.

— Ou tirer sur nos hologrammes !

Après avoir fait tourner le scénario dans leurs têtes plusieurs fois, ils se tapèrent les mains de satisfaction, tout en croisant des doigts pour que leur plan fonctionne comme prévu. Il leur restait encore à trouver une solution pour Terry. Ils lancèrent la chaîne d'actualités pour suivre la progression des événements, pendant que chacun d'eux préparait la suite de leur plan. Eurêka était occupée à écrire un message à destination de Serge, avec un virus devant le transformer en escargot temporel. Pendant ce temps, Tim réglait la caméra et configurait une Timebox voisine pour diffuser son hologramme 3D à l'intérieur.

Les premiers incidents provoqués par les drones fous faisaient la une des actualités. Les journalistes répétaient qu'une loi venait de passer et que toute personne participant à ce jeu en ligne terroriste encourait la peine maximale. Cela ne semblait pas émouvoir les milliers de drones qui convergeaient vers la tour DEAS. Tim fut à nouveau surpris de voir à la télé le visage de son frère, désigné comme le cerveau de cette opération. Les drones étaient à quelques secondes terrestres de la tour et survolaient des places parisiennes bondées de manifestants réclamant le droit à une Timebox pour tous. Tim se leva d'un bond et partagea immédiatement l'idée qui venait de lui traverser l'esprit :

— Et si on appliquait notre plan à l'ensemble des Timebox ?

— Comment ça ? répondit-elle.

— Ce n'est pas une Timebox pour tous qu'il leur faut. C'est une anti-Timebox qu'il faut pour tous ceux qui sont déjà dans une Timebox ! Pas seulement pour mon fils ou Anta, mais pour tous les usagers. On va faire une mise en production globale de ton patch révolutionnaire, et transformer toutes les Timebox en anti-Timebox. Tous nos problèmes seront réglés d'un coup ! Oui, c'est ça, le progrès !

— Waouh, c'est plutôt radical… Les attentats, c'est de famille chez vous, on dirait.

— Mais il n'y aura aucun mort ou blessé. Ce n'est pas un attentat, c'est une sorte de prise d'otages temporelle, pendant laquelle les otages ne se rendront compte de rien.

— C'est vite dit. Vous vous rappelez ce qu'il se passe lorsque l'on essaie d'ouvrir une anti-Timebox ?

— Oui, je sais. Mais on peut faire en sorte que dehors, tout le monde soit au courant. Le message est plutôt simple à retenir. Pas de fin du monde, et pas touche aux Timebox !

— Vous imaginez un monde privé de plus de la moitié de ses habitants. On n'aura plus aucun accès aux Timebox et aux ressources qu'elles contiennent. Énergie, alimentation, logistique et j'en passe. Et que se passera-t-il lorsque vos otages sortiront tous ensemble, sans savoir ce qui leur est arrivé ?

– De toute façon, si on ne fait rien, il y aura énormément de victimes. Nous y compris. Il faut bien arrêter Anta dans sa folie et mon frère avec ses drones terroristes. Si on bascule toutes les Timebox en anti-Timebox, toute l'informatique et les drones seront hors-service. C'est exactement ce qu'il faut. On va débarrasser l'humanité de ses problèmes sans tuer personne. L'Histoire pourra enfin reprendre son cours et je pourrai enfin consacrer mon temps à trouver une solution pour Eilan.

– C'est une idée complètement folle. En même temps, c'est vrai qu'on n'a pas trop d'alternatives. En tout cas, je crois que je préférerais rester au chaud dans une anti-Timebox, et attendre tout le monde pour ressortir. Je n'ai aucune envie de me retrouver dehors.

# 10 SECONDES TERRESTRES
# RESTANTES

Sous-sols de la tour Kronos, Paris la Défense

Serge ouvrait la voie. Anta avançait derrière lui avec un air déterminé, en direction de l'appartement de Tim lorsque son oreillette indiqua un appel d'urgence. Son correspondant du ministère de la Défense avait jugé le moment opportun pour lui annoncer qu'ils avaient identifié le responsable de l'attentat de l'amphithéâtre – elle l'interrompit d'un commentaire signalant sa mauvaise humeur. Il poursuivit, impassible. Le terroriste avait enfin été localisé et ils étaient prêts à intervenir – elle lui demanda ce qu'ils attendaient. Il l'informa alors qu'il s'agissait d'un ancien employé, un certain Terry, de la famille de son directeur de l'innovation. La colère d'Anta redoubla envers Tim et sa petite famille d'emmerdeurs. Elle demanda à son interlocuteur de la rappeler dès que la cible serait éliminée. Le fonctionnaire se garda bien de l'embarrasser davantage, avec des détails techniques superflus, tels qu'en référaient ses supérieurs. Notamment la frappe aérienne infructueuse, l'évasion de la base militaire et la prise de contrôle massive des drones.

Elle raccrocha aussi énervée que perplexe, en se demandant comment les ex-stakeholders avaient réussi à retourner une personne comme Terry contre elle. Tout le monde avait un prix, supposa-t-elle. D'ici quelques secondes, elle allait pouvoir s'occuper personnellement de son frère.

Serge s'arrêta net devant Anta. Elle faillit lui rentrer dedans et l'insulta sans obtenir d'excuses. Pas un seul mouvement n'animait son visage. Même ses paupières étaient immobiles. Anta lui arracha le fusil des mains, ce qui le déséquilibra et le fit tomber lourdement au sol sans le faire sourciller.

— Décidément, on n'est jamais mieux servi que par soi-même. Tim, sors de là et viens te battre comme un homme ! hurla-t-elle dans le couloir.

Au même instant, un drone surgit au bout du couloir en face d'elle. Il n'avait rien à faire là. L'intérieur de la tour leur était strictement interdit.

Elle ouvrit le feu dans la direction de cet intrus, sans faire dans la dentelle. Une porte de Timebox s'ouvrit sur sa droite. À l'intérieur, Tim lui fit signe d'entrer. Elle se précipita dans sa direction en vidant son chargeur sur lui. Tim se contorsionna dans tous les sens sous l'impact des balles tandis que les portes de la Timebox se fermaient derrière elle. C'était comme dans les films, à part qu'il n'y avait aucune goutte de sang qui giclait. Tim s'écroula à terre.

Anta se rapprocha, après avoir vérifié qu'Eurêka ne se cachait pas dans un recoin de la Timebox. Elle faillit tomber à la renverse lorsque Tim se releva d'un coup comme un diable en boîte.

— Surprise ! s'écria-t-il sur un ton jovial. Tel est pris qui croyait prendre. Profite bien de ton séjour dans une anti-Timebox !

Anta réalisa qu'elle venait de vider son chargeur sur un hologramme. Un bruit sourd et inhabituel résonna dans la Timebox. Elle hésita un moment avant de se précipiter vers la sortie. Sans qu'elle puisse s'en rendre compte, sa course s'interrompit à quelques mètres de la porte vitrée. Une sorte de tag avec des caractères écrits à l'envers se dessina d'un coup :

*ANTA BONASSOLI*
*RIP*

# 2 SECONDES TERRESTRES RESTANTES

## Bourgogne

Terry fêtait le succès du lancement de son jeu en dansant face à la progression de son armée. Impatient, il avait réussi à baisser suffisamment le taux de compression temporelle de sa Timebox pour suivre les progrès de ses drones à une vitesse satisfaisante. Tant pis pour ceux qui attendaient leur tour dehors.

Quelques drones avaient réussi à pénétrer dans la tour et l'un d'entre eux venait de repérer la première cible. L'heure d'Anta était venue, une seconde fois.

– Tu vas prendre cher. Dis bonjour à ta fin du monde ! s'écria-t-il.

Il répétait les mots « fin du monde » entre deux fous rires en imitant la voix de son frère. Peu importait que ce soit la fin du monde ou pas, c'était la fin du monde selon Terry, et en direct.

Alors qu'il venait de se reprendre une ligne de cocaïne afin de chasser l'idée que son frère était peut-être encore à l'intérieur de la tour, un bip sonore inhabituel se fit entendre.

Un pop-up s'était ouvert devant lui. Il cliqua sur la vidéo en espérant que ce ne soit pas un virus, mais la curiosité l'emporta. Le visage de Maya apparut. Visiblement, elle était loin d'être morte. Terry accueillit la nouvelle avec joie. Cependant, il déchanta rapidement. Non seulement, elle le traitait de tous les noms mais elle l'informait également qu'elle avait une belle tarte à la crème pour lui, façon missile air-sol. Des pilotes de drones d'une base militaire outre-mer avaient réussi à infiltrer son jeu en s'y inscrivant, tout simplement. L'un d'eux avait pris le contrôle d'un drone, non loin de la planque de Terry et à l'instant où elle lui parlait, il fonçait vers sa Timebox. Pour conclure, elle lui montra des images qui dataient déjà de quelques microsecondes. Terry put contempler l'écran de pilotage et sa Timebox vue d'en haut, verrouillée par un marquage laser. Maya fit un grand sourire en appuyant, face caméra, sur le bouton de mise à feu des missiles.

Terry se précipita pour remettre la compression temporelle de sa Timebox à son niveau maximum.

Quelques milliers de mètres le séparaient du drone ennemi et de ses missiles. Terry n'avait devant lui qu'une petite seconde terrestre avant que le signal de tir n'atteigne le drone. Et un tout petit peu plus avant qu'un déluge de feu ne s'abatte sur lui.

Plutôt que d'attendre les quelques jours qui lui resteraient à vivre, en séjournant dans sa Timebox jusqu'au bout, il enfila son armure et décida de tirer profit de cette ultime seconde terrestre. Les autres drones se chargeraient bien sans lui du sort d'Anta. Il s'échauffa en faisant quelques séances de sprint sur son tapis roulant, avant de reculer le plus loin possible des portes coulissantes de la Timebox.

L'ouverture des portes était programmée pour dans trente secondes. Le compte à rebours avait commencé. Il engloutit le reste du paquet de fraises pour se donner du courage, ou finir en beauté.

Deux secondes avant l'ouverture des portes, il s'élança

vers la sortie en commençant à ressentir la première vague de psychotropes le frapper de plein fouet. Pour se porter chance, il se promit que s'il s'en sortait vivant, il arrêterait tout ça pour renouer avec une vie meilleure.

# IL ETAIT TEMPS

Un bruit sourd claqua comme un coup de tonnerre planétaire. Pendant quelques secondes, une douce vibration emplit l'espace et fit trembler tous ceux qui se trouvaient en dehors d'une Timebox. La plupart crurent que l'heure de la fin du monde venait de sonner, avec quelques jours d'avance. Des missiles explosèrent dans le ciel pendant que la flotte mondiale de drones se posait à terre en procédure d'urgence. Tous les véhicules aériens et terrestres en circulation stoppèrent leur course.

Après les cris et l'agitation, un silence de plomb s'imposa sur toute la surface du globe. Tous les écrans, machines et autres appareils s'éteignirent.

Plus personne n'osait faire le moindre bruit. Les files d'attente devant les Timebox n'avançaient plus. Ceux qui avaient attendu en vain leur tour virent apparaître, à l'intérieur des Timebox, l'image nette et précise des occupants : assis les yeux grands ouverts face à des écrans noirs ou figés dans une pause inconfortable, tous étaient immobiles.

Terry était suspendu en l'air à quelques mètres de la porte de sa Timebox, entre deux foulées, les pupilles dilatées à l'extrême. Eurêka se grattait la tête, debout, juste derrière la vitre, avec un air amusé. Sophie serrait toujours

187

la main de son fils allongé. Quelques dizaines de mètres plus loin, le visage d'Anta était déformé par une grimace hideuse, semblable à celle de Maya, crispée face à un écran sans image.

L'électricité ne sortait plus des centrales. L'eau ne coulait plus des robinets. Les plats préparés et les commandes en tout genre flottaient dans les tuyaux de livraison. Les déchets avaient stoppé leur processus de recyclage. Le temps s'était arrêté.

Les gens dehors recommencèrent à oser bouger, dans ce nouveau monde, où l'ordre des choses avait été inversé.

Dans l'obscurité totale, Tim marchait à tâtons le long du couloir, pressé de rejoindre la surface et de propager les bonnes nouvelles. Plus de fin du monde, d'astéroïde ou de Timebox. Plus de tapis roulant, d'ascenseur ou de lumière artificielle non plus, pour retrouver la sortie.

La terre entière avait été débranchée. Il était temps.

FIN

Si vous avez quelques secondes terrestres à m'accorder,
restons en contact :
boriskoslowski@hotmail.com
Facebook (Timebox Roman)

Et si vous avez quelques minutes de plus, n'hésitez pas à
laisser votre commentaire sur Amazon notamment.

Site d'auteur :
https://koslowskiblog.wordpress.com/

www.ingramcontent.com/pod-product-compliance
Lightning Source LLC
Chambersburg PA
CBHW071234130626
46556CB00003B/1009